Im Wendekreis des Virus

Verbrechen in Zeiten der Corona Krise

Die Personen und die Handlung des Tatsachen-romans sind frei erfunden. Etwaige Ähnlichkeiten mit tatsächlichen Begebenheiten oder lebenden oder verstorbenen Personen wären rein zufällig.

Umschlagfoto: Hans Will

Erste Auflage 2020

Zweite überarbeitete Auflage 2022

Herstellung und Verlag: BoD – Books
on Demand, Norderstedt
ISBN: 9783756201747

Vom Autor erschienen oder in Planung:

Späte Zeit des Glücks – Kitzingen-Krimi 1

Ein Leben lang – Roman

Saisonarbeit – Kitzingen-Krimi 2

Todholz – Kitzingen-Krimi 3

Deadly Running – Kitzingen-Krimi 4

Im Wendekreis des Virus – Kitzingen-Krimi 5

Das Virus schlägt zurück – Kitzingen-Krimi 6

Cranach Komplott – Kitzingen-Krimi 7

Never give up – Ratgeber gesundes Leben

Never give up Teil 2 - Ratgeber gesundes Leben
(In Planung)

Back- und Lachgeschichten - Humor (Vergriffen)

Ende der Weinlese – Fantasy

Prolog

Hatterer dreht die Hosenbeine seiner abgewetzten Jeans auf rechts, das Smartphone fällt aus der Hosentasche. Isabelle räkelt sich noch wohlig im Bett. Es war schön gewesen. Er seufzte, Sex mit ihr ist immer was Besonderes. Er setzt sich auf die Terrasse und genießt die warmen Sonnenstrahlen am ersten Tag im Oktober. Später muss er Delcy seinen kleinen Sohn, im Kindergarten von Westheim abholen. Die Zeitungen, Radio und Fernsehen berichten fast nur noch von dem bevorstehenden 30. Jahrestag der Wiedervereinigung. Grenze, Stasi, Mauerfall sind die Themen. Hatterer denkt zurück an das letzte halbe Jahr, als das große Durcheinander in einem Marktgebäude im chinesischen Wuhan begann. Was der Auslöser zur großen Pandemie war, wissen eigentlich nur die Chinesen. Innerhalb weniger Wochen wurde das neuartige Coronavirus auf allen Kontinenten der Erde nachgewiesen. Viele Menschen sind daran erkrankt und auch verstorben. Irgendwie ist der Virus mutiert und abgeschwächt. Es sterben nicht mehr so viele Menschen. Über eine Million sind es trotzdem die wegen Covid-19 ihr Leben lassen mussten. Trotz allen Warnungen kam der Virus Ende Oktober mit geballter Macht zurück und stellt ganz Europa vor schwerwiegende Aufgaben. Im November wird ein Teil Lockdown ausgerufen und Bundeskanzlerin Angela Merkel spricht von einer nationalen Kraftanstrengung.

Um die steigenden Corona-Infektionszahlen in den Griff zu bekommen, haben sich Bund und Länder auf weitreichende neue Maßnahmen geeinigt. Sie gelten ab Montag, den 2. November, für vier Wochen. Mit diesem Wellenbrecher soll das exponentielle Wachstum des Virus gestoppt werden.

Die Geschichte beginnt am 28. Januar 2020. Kriminalhauptkommissar Arne Hatterer saß zu Hause im warmen Wohnzimmer, sein dreijähriger Sohn Delcy spielte mit Großtante Petra auf dem, von Isabella vor einer Stunde frisch abgesaugten Teppichboden, Mensch ärgere Dich nicht. Im Fernsehen dann die Meldung, dass sich ein Mitarbeiter des Automobilzulieferers Webasto mit dem neuartigen Coronavirus infiziert hat. Er wurde mit milden Symptomen, die er sich bei einer chinesischen Kollegin geholt hatte, im Klinikum Schwabing behandelt. Kein Grund zur Panik. Dann fliegt am 1. Februar die Flugbereitschaft der Bundeswehr zum ersten Mal deutsche Staatsbürger und ihre Angehörigen aus dem Corona-Epizentrum in Wuhan in China zurück nach Deutschland. Hier müssen die Ausgeflogenen in eine zweiwöchige Quarantäne. Die Medien berichten ausführlich. Hatterer geht weiterhin ganz normal seinem

Dienst nach. Geflasht vom Fahndungserfolg des Massenmörders Volkow, hat er die Umstrukturierung auf der Dienststelle vorangetrieben. Sie ist bald abgeschlossen. Er hatte die Falltür aufgemacht und sich selber degradiert. Kollegin Marlene Rupisch, seine bisherige Stellvertreterin, wird dann die neue Leiterin der Außenstelle der Kripo in Kitzingen, einer kleinen Stadt in Mainfranken. Michael A. Roth, der langjährige Präsident des 1.FC Nürnberg wurde hier geboren, Johann Rudolph Glauber, der Erfinder des gleichnamigen, berüchtigten Salzes, lebte einige Jahre hier. Es gab die älteste Exportbierbrauerei Bayerns in Kitzingen und nach dem Krieg lebten in den Kasernen bis zu 15 000 Amerikaner.

Die neuartige Lungenerkrankung aus China wird von der WHO „Covid-19" genannt. Das Virus erhält den Namen Sars-CoV-2. Nach einer Karnevalssitzung in Gangelt im Kreis Heinsberg in NRW stecken ein 47-Jähriger Unternehmer und seine Ehefrau etliche andere Menschen an. Sie kamen von einem Skiurlaub aus Ischgl. In dem Tiroler Skiort hatten sich unzählige Touristen mit dem Coronavirus infiziert. Darunter auch Kilian von Stein, Hatterers früherer Chef. Ab 18. Februar breitet sich das Virus massiv in NRW aus. Am 23. Februar gibt das Auswärtige Amt wegen der Corona-Ausbreitung eine Reisewarnung für Italien heraus. Die Lombardei, und dort speziell Bergamo, waren das Epizentrum. Hatterer und seine Familie haben zwar alles zur Kenntnis genommen, doch große Sorgen machten sie sich bis dato noch nicht. Fred Dürnberger, von dem später noch die Rede sein wird, lieferte eine kleinere Menge Koks in Volkach bei seiner Bekannten und guter Kundin Persephone Maier ab. Am 25. Februar meldet Nordrhein-Westfalen offiziell die ersten Corona-Fälle. Es sind der 47-Jährige Unternehmer und seine Frau aus dem Kreis Heinsberg. Der Mann leidet an einer bis dato nicht bekannten Vorerkrankung. Auf Teneriffa wird derweil ein ganzes Hotel mit vielen deutschen Urlaubern unter Quarantäne gestellt. Mehr als 100 bestätigte Corona-Infektionen gibt es am 1. März in Deutschland. Bundesgesundheitsminister Jens Spahn empfiehlt am 8. März offiziell, Veranstaltungen mit mehr als 1 000 Personen in Deutschland abzusagen. Der erste Deutsche stirbt im Urlaub in Ägypten. Deutschland horcht auf. Einen Tag später weitere Tote, diesmal direkt in Deutschland und zwar in Heinsberg. Die Weltgesundheitsorganisation WHO verkündet am 10. März, dass die Verbreitung des Corona-Erregers jetzt das Ausmaß einer Pandemie erreicht hat. Das Virus grassiert bereits in 115 Ländern, fast 4 300 Menschen sind zu dem Zeitpunkt schon daran gestorben. Einen Mann aus der Ukraine stört das wenig. Er verliebt sich in eine Frau aus Volkach in Unterfranken. Von beiden wird noch die Rede sein. Sie verstoßen damit, mehr als einmal, an der verordneten Kontaktsperre. Der 12. März ist ein rabenschwarzer Tag an der deutschen Börse! Schon zum Handelsstart sackt der deutsche Leitindex DAX um mehr als 500 Punkte auf unter 10 000 Punkte ab. Am Ende des Tages schließt der Dax bei 9 161,13 Punkten. Er stürzt um 12,24 Prozent ab. Am nächsten Tag beginnen die Deutschen mit den Hamsterkäufen. Desinfektionsmittel, Toilettenpapier, Seife und Hefe werden knapp oder sind zum Teil in den Supermärkten und Discountern ausverkauft. Panik macht sich bei den Menschen breit. Auch in Kaltensondheim bei Hatterers Familie. Vor allem Großtante Petra, sie wird zunehmend hysterisch. Die Bundesregierung schnürt das größte Krisenpaket aller Zeiten. Die staatliche Förderbank KfW soll pleitebedrohte Firmen mit Krediten stützen. Gesamtvolumen der Rettungsaktion: bis zu einer halben Billion Euro! Es beginnen die „Corona-Ferien"! Schulen und Kindertagesstätten werden in der kommenden Woche bundesweit geschlossen. Vorerst bis zum Ende der Osterferien. Da viele Firmen ihre Mitarbeiter zeitgleich ins Homeoffice schicken, bricht jetzt in vielen Familien das Chaos aus. Kinder zu Hause unterrichten und gleichzeitig selbst arbeiten, das ist sehr schwer. Die Corona-Krise erfasst ganz Deutschland. Am 14. März erklärt das Robert-Koch-Institut die spanische Hauptstadt Madrid und das österreichische Bundesland Tirol zu Risikogebieten. Wer dort war, soll sich in Quarantäne begeben. Polen und Dänemark schließen ihre Grenzen nach Deutschland. Die Türkei lässt Deutsche nicht mehr einreisen. Türkische Staatsbürger dürfen nicht mehr nach Deutschland, sowie in acht weitere europäische Länder, reisen. Zwei Tage später macht

Deutschland dicht. Bund und Länder einigen sich auf ein einheitliches Vorgehen „zur weiteren Beschränkung von sozialen Kontakten im öffentlichen Bereich angesichts der Corona-Epidemie in Deutschland".

45 Kilometer Stau auf der A12 an der Grenze zu Polen! Das RKI schätzt die Corona-Gefahr für die Gesundheit der Bevölkerung als insgesamt „hoch" ein. Am 18. März hält Bundeskanzlerin Angela Merkel ihre dramatische Rede an die Nation, sie sagt u.a.: „Es ist ernst. Nehmen Sie es auch ernst!" Großtante Petra macht dicht. Sie spricht mit niemandem mehr in der Familie und schließt sich in das kleine Zimmer im Keller ein. Sie hat wahnsinnige Angst. Sie zählt doch zu einer der festgelegten Risikogruppe. Inzwischen haben sich in Deutschland mehr als 10 000 Menschen mit dem Virus infiziert. Rund 30 Todesopfer gibt es bislang. Einen Tag später streicht die Lufthansa ihr Flugprogramm wegen Corona zusammen. Bis 19. April finden nur noch rund fünf Prozent der ursprünglich geplanten Flüge statt. Horror-Meldung aus Würzburg, in unmittelbarer Nachbarschaft von Kitzingen und Kaltensondheim. Erstmals ist in Deutschland nachweislich eine größere Gruppe von Menschen unter einem Dach an den Folgen der Coronavirus-Erkrankung verstorben. Neun Tote auf einen Schlag, da werden die Medien wach. Im Seniorenheim St. Nikolaus im Würzburger Stadtteil Sanderau, erhöht sich die Anzahl der Toten auf Fünfundzwanzig. Die Würzburger Staatsanwaltschaft wird Ende Mai

Ermittlungen aufnehmen. Am 22. März einigen sich Bund und Länder auf eine Art Kontaktverbot. Reduzierung der Kontakte zu Mitmenschen auf ein Minimum. In der Freizeit vor die Tür zu gehen ist weiter erlaubt, aber nicht in Gruppen von mehr als zwei Personen (Ausnahme: Familien). Mindestabstand zu anderen Menschen auf der Straße: 1,5 Meter! Friseure, Fußpflege- und Massagesalons müssen schließen. Strafen bei Verstößen sind in dem gemeinsamen Papier von Bund und Ländern noch nicht vorgesehen. Die Regeln sollen erst einmal für zwei Wochen gelten, also bis nach dem ersten April-Wochenende.

Am 24. März wurde bekannt, dass der Saxophonist Manu Dibango an einer Covid-19 Erkrankung in Paris verstorben ist. Hatterer hatte ihn 2008 beim Africa-Festival in Würzburg einmal live erleben können. Unvergessen vom sympathischen Kameruner sein Nummer 1 Hit: Soul Makossa.

Einen Tag später gibt es eine Historische Sitzung im Bundestag! An diesem Mittwoch beschließt der Bundestag ein riesiges Corona-Hilfspaket. Gesamtvolumen: 750 Milliarden Euro (u.a. Kredite für Unternehmen, Soforthilfe für Krankenhäuser und Solo-Selbstständige). Dafür macht Deutschland 156 Milliarden Euro neue Schulden. Am 28. März sagt Hatterer seine Geburtstagsparty ab. Jörn Kubicki, der Lebensgefährte von Berlins Ex-Bürgermeister Klaus Wowereit, stirbt infolge von Covid-19. Am Abend des 2. Aprils übersteigt die Zahl der gemeldeten Corona-Toten in Deutschland die 1 000er Marke. Rund 79 500 Menschen wurden bisher nachweislich mit dem Virus infiziert. Ab dem 6.April gilt in Jena die Maskenpflicht in der Öffentlichkeit. Die Stadt in Thüringen ist der erste Ort in Deutschland mit dieser Regelung. Der Rest Deutschlands diskutiert derweil, ob und wann Lockerungen der Kontaktbeschränkungen in Kraft treten können. Zwei Tage in Folge ging die Zahl der Infizierten in Deutschland zurück! Das gab's seit Beginn der Coronavirus-Pandemie in Deutschland noch nicht. In Zahlen ausgedrückt – Geheilte in Deutschland am Dienstag 7. April: 28 700 Menschen. Geheilte am Donnerstag 9. April: 46 300 Menschen! Doch Merkel, Spahn und das RKI sind sich einig: kein Grund zur Entwarnung. Endlich, Erntehelfer! Bundesinnenminister Horst Seehofer (CSU) und Agrarministerin Julia Klöckner (CDU) hatten sich darauf geeinigt, 80 000 ausländische Saisonkräfte unter strengen Auflagen nach Deutschland fliegen zu lassen. Jetzt treffen sie nach und nach ein. Am Karfreitag wurde bekannt gegeben, dass 650 000 Betriebe Kurzarbeit angemeldet haben.

Hatterer hatte mit Hilfe seiner Mitarbeiter Yogi Weber und Marlene Rupisch einen Massenmörder festnehmen können. Weber ist mittlerweile beim LKA in München und Marlene Rupisch ist zur Dienststellenleiterin in Kitzingen aufgestiegen, weil Hatterer mehr Zeit für sein

Söhnchen Delcy haben wollte. Seine geschiedene, 20 Jahre jüngere Frau sitzt mit ihrer Geliebten Swanhilda Lichtenberg irgendwo in Australien oder Neuseeland fest. Wo genau weiß Hatterer nicht. Sie meldet sich nur sporadisch. Seit der weltweiten Covid-19 Krise eigentlich überhaupt nicht mehr. Isabella, eine Venezolanerin, die Arne Hatterer in La Palma bei einem Urlaub im letzten November kennenlernte, besuchte ihn im Februar das zweite Mal in Kaltensondheim. In La Palma hatte er vor hunderten von Hotelgästen Isabella schon einmal einen Heiratsantrag gemacht. Sie lehnte ab und Hatterer machte sich komplett zum Horst. Jetzt konnte sie wegen der Coronakrise nicht mehr zurückfliegen. Anders als in Deutschland gibt es in Spanien keine staatliche Rückholaktion, sodass sie jetzt bei Hatterer festsitzt. Arne gefiel das natürlich sehr. Mit im Haushalt dann noch Großtante Petra, die eigentlich in Köln wohnt, aber jetzt fest bei Arne Hatterer eingezogen ist. Die wohlhabende Frau, mit einer guten Beamtenrente, hofft fest und innig, dass Beide ein richtiges Paar werden und heiraten würden. Hatterer mit seinen 56 Jahren hat nicht mehr die besten Karten. Isabella sah man ihre 45 Jahre nicht an, sie wirkte wesentlich jünger. Einige Leute im Dorf zerrissen sich schon das Maul. In ihren Adern fließt indigenes Blut, dass man aber nicht unbedingt sofort erkannte. Sie ist jedenfalls sehr hübsch und sehr nett zugleich. Sie sah die Welt pragmatischer als Hatterer. Sie hatte etwas Segmentiertes an sich. Im Gegensatz zu Hatterer der vieles einfach schleifen ließ.

Seitdem sie bei ihm ist, hatten seine freien Tage mehr Struktur bekommen. Morgens Kaffee und selbstgemixtes Müsli, Jogging im nahegelegenen Wald, dann nochmal ins Bett zu Isabella. Sie war keine gebürtige Spanierin. Nach dem Ende des Zweiten Weltkriegs sind viele Canarios nach Venezuela, ins Land ihrer Träume, ausgewandert. Auch ihre Familie.

Sie wurde 1975 in Calobozo geboren. Die Stadt befindet sich etwa 200 km südlich der Hauptstadt Caracas am Ufer des Flusses Guárico in einer Hochebene des Landes. Simón Bolívar besiegte in der Nähe die Spanier. Der Universalgelehrte Alexander von Humboldt besuchte die Stadt im Jahre 1800 auf seinen Weg zum Orinoko.

Mit Beginn der großen Rückkehrer Welle ist Isabella dann 1995 zurück in die alte Heimat ihrer Vorfahren gekommen. Es war nicht leicht für sie und ihren Opa hier Fuß zu fassen. Sie hatte keine Eltern mehr. Ihr Vater ist kurz nach ihrer Geburt in Richtung USA abgehauen, ihre Mutter und ihre Oma sind in Venezuela gestorben. Ihr Opa kehrte dann mit ihr zurück nach Spanien. Zuerst nach Teneriffa und dann nach La Palma. Er ist vor drei Jahren ebenfalls gestorben. Seitdem war sie alleine. Deutsch hatte sie schon in Venezuela gelernt. Bei einem deutschstämmigen Farmer der ihre Familie ausgenützt hatte. Ihre Mutter sagte kurz vor ihrem Tod zu Isabella, dass der Farmer ihr Vater sei. Er hatte sie vergewaltigt.

Nach langem Hin und Her, mit unschönen Szenen, speiste er Isabella mit 10.000 Dollar ab. Ihr Großvater und sie haben dann die Überfahrt über den Atlantik nach Spanien gewagt und sind ausgewandert. Es war eine harte Zeit für sie.

Das Virus schien fast besiegt zu sein. Dann wendete sich wieder das Blatt und in einer Großschlächterei schlug es mit voller Wucht wieder zu.

Ein Rennradfahrer wird angefahren und stirbt. War es ein Unfall oder ein Mord? Die Geschichte bringt Hatterer aus dem Rhythmus. Vor allem weil etwas mit seiner Chefin nicht stimmt.

Dann auch noch das: Sein Nachbar zieht sich vor der Kamera aus und bekommt große Schwierigkeiten und Hatterer muss ihm helfen.

Im Wendekreis des Virus

Es war sehr ruhig als Hatterer durch den Park am Main schlenderte. Karfreitag morgen völlige Ruhe, die Kirchenglocken schwiegen. Es war der einundzwanzigste Tag der Ausgangsbeschränkung in Bayern. Er dachte an den guten Kuchen den sie am P-Day gegessen hatten. Tante Petra war ein großer Fan der Tradition am 14. März einen runden Kuchen mit der Familie zu essen. Die Corona-Krise stellte jetzt alles auf den Kopf. Den Park am Main eroberten die Wildtiere zurück. Hasen, Rehe und Fasane und vor allem Krähen und Gänse konnten die wenigen Spaziergänger beobachten. Mittlerweile haben Virologen und Wissenschaftler die Letalität der Virusseuche den Bürgern näher verinnerlicht. Wichtig sind halt die nötigen Hygienemaßnahmen. Händewaschen, Abstand halten und nicht ins Gesicht greifen. Schutzmasken sind noch keine Pflicht. Es sind auch viel zu wenige vorhanden um damit alle Bürger und Bürgerinnen auszurüsten. Das große do-it-yourself Masken nähen hatte noch nicht begonnen. Einige Monate später heißt das dann schon so: AHA-Formel. Abstand halten – Hygiene beachten – Alltagsmaske (Mund-Nasen-Bedeckung) tragen.

Für seinen früheren pensionierten Chef Kilian von Stein, kamen die Maßnahmen die getroffen wurden, aber zu spät. Dieser hätte sich das sicherlich nicht vorstellen können, dass er sich nach seinem Skiurlaub Anfang März, den er wie jedes Jahr in Ischgl verbrachte, mit Covid-19 infizierte. Fünf Tage war er noch symptomfrei, dann bekam er Husten, Schnupfen und Fieber und wurde mit weichen Knien in ein Krankenhaus in Würzburg eingeliefert. Als ihm die Bettwindeln angelegt wurden, war er schon nicht mehr bei Bewusstsein. Das Beatmungsgerät leistete Schwerstarbeit, es nütze nichts mehr. Nach vier Wochen verstarb er an einer schweren Lungenembolie. Am Dienstag nach Ostern war die Beerdigung. Es durften keine Blumen ins Grab geworfen werden und auch das Sandschaufeln war verboten. Es durften nur die Angehörigen zur Beerdigung kommen. Es gibt keine Aussegnung in der Halle - nichts. Zum Glück war das Wetter sehr schön, somit war es dann doch noch etwas würdevoll.

Im Lockdown wird es immer schwieriger zu leben. Jedenfalls kommt es Hatterer, beim Spazierengehen am Main, so vor. Ein Inline Skater kommt vorbei. Durch die Schwarzacher Straße fahren drei rote Busse, ausrangierte Feuerwehrmannschaftsbusse, mit Spargelstechern aus Rumänien besetzt. Sie wurden durch eine Sonderreglung wieder ins Land geflogen. Der Spargel nimmt halt auf Feiertage und Pandemien keine Rücksicht. Auf der kleinen Brücke über den Rödelbach ist es ziemlich glatt. In der Nacht gab es noch einmal leichten Frost. Der Mammutbaum im Park hatte seine letzten vertrockneten Zapfen durch den Sturm in der Nacht verloren. Am Hallenbad lag noch ein umgestürztes Wahlplakat der SPD. Nach einer guten Stunde strammen Walking fährt er mit seinem alten Focus wieder nach Hause. Er duscht, zieht frische Klamotten an, checkt sein Facebook Konto und haut die vorher mit Pankomehl panierten Steinbeißer in die Pfanne. Dazu gibt es Spargel- und Kartoffelsalat. Den hatte er für sich und den Rest der Familie, von der Mainlust, einer der vielen Gaststätten die unter dem Lockdown leiden, mitgenommen. Isabella hatte den Tisch gedeckt. Großtante Erika stellte darauf einen gut gekühlten Silvaner. Für Delcy gab es Fischstäbchen, die er so gerne mochte.

Hatterer hatte dienstfrei, darum bekam er auch den tödlichen Unfall nicht mit, der sich auf der Staatsstraße von Schwarzach nach Volkach zutrug. Am nächsten Morgen wird er in der Mainpostille lesen: „Am Freitagnachmittag kam es auf der Staatsstraße zwischen Schwarzach und Volkach zu einem schweren Verkehrsunfall, bei dem ein 66-Jähriger Rennradfahrer wahrscheinlich von einem überholenden Auto berührt wurde. Der Rennradfahrer stürzte und wurde dabei lebensgefährlich verletzt. Laut Angaben der Polizei befuhr ein Fahrer eines schwarzen SUVs gegen 16 Uhr die Staatsstraße in Richtung Volkach. Bei dem Versuch den Rennradfahrer auf Höhe der Schleuse Gerlachshausen zu überholen, kam es aus bislang ungeklärter Ursache zu einer Kollision zwischen dem Auto und dem Rennrad. Der 66-Jährige

Rennradfahrer stürzte dadurch von seinem Rennrad und zog sich lebensgefährliche Verletzungen zu. Nach der medizinischen Erstversorgung durch den Rettungsdienst und Notarzt, brachte ein Rettungshubschrauber den im Landkreis Kitzingen wohnenden Mann, in ein Krankenhaus, wo er nach wenigen Stunden verstarb. Für die Dauer der Unfallaufnahme war die Staatsstraße in beide Fahrtrichtungen für knapp drei Stunden gesperrt. Auf Anordnung der Staatsanwaltschaft Würzburg zog die Polizei Kitzingen einen Unfallsachverständigen hinzu, um gemeinsam mit den Beamten den Unfall detailliert zu rekonstruieren." Warum der Rennradfahrer nicht auf dem parallel verlaufenden Radweg gefahren ist, kann man nur vermuten. Zum Zeitpunkt des Unfalls war der Radweg ziemlich überfüllt, vor allem mit Leuten auf E-Bikes.

Noch schöpfte niemand Verdacht, dass es sich bei dem Unfall um einen gezielten Mord handeln könnte. Alle gingen von einem Unfall aus. Erst als die osteuropäische Staatszugehörigkeit des SUV-Fahrers bekannt wurde und die Vorladungen von dem Mann zu einer abschließenden Vernehmung nicht wahrgenommen wurden, schöpfte die Polizei ersten Verdacht. Die angegebene Meldeadresse war ein Gartengrundstück am Frohnberg, das zu einer Kleingartenanlage gehörte. Auf dem Grundstück stand nur ein heruntergekommenes Gartenhaus. Erst jetzt kam Hatterer ins Spiel. Eine Woche nach Ostern nahm er die Ermittlungen auf. Der unfallverursachende Fahrer war längst verschwunden. Auch der SUV war nicht mehr zu finden. Das alles hat aber auch bei Hatterer noch keinen Verdacht auf eine Gewalttat ausgelöst. Die Strafverfolgungsbehörden wurden überzogen mit Anzeigen selbsternannter Blockwarte. Die Geburtstagsfeiern von Nachbarn ebenso meldeten, wie Stammtischrunden in den abgedunkelten Nebenzimmern. Der Grat zwischen Denunziantentum und Fürsorge ist schmal. Dass viele Menschen besorgt waren. Die Angst um ihre Gesundheit, kann man nachvollziehen. Ob man deswegen andere anschwärzen muss, sei dahingestellt.

Katastrophenfall Tag 22/Ausgangsbeschränkung Tag 17: Heute haben die Osterferien offiziell begonnen. Nicht, dass dies irgendeinen Unterschied zum derzeitigen Alltag bei den Menschen machen würde. Hatterer kommt auf dem Weg ins Büro an einem Reisebüro vorbei. Dort war ein Plakat aufgehängt mit der Aufschrift: Fernweh hoffentlich bald wieder möglich. Wir sind für sie da. Der Laden hatte aber geschlossen. Optimist.

Peter Seltermann, der neben dem Streifendienst auch das Räumchen mit den Asservaten betreut, bekam den Auftrag das demolierte Rennrad zu verstauen. Es war sehr eng in dem Kämmerlein im Keller der Kitzinger Dienststelle. Er löste die Sattelstütze aus dem verbeulten Sattelrohr des blauen italienischen Gios Rennradrahmens. Ein Klassiker unter den Stahlrahmen.

Sattelstütze und Sattel legte er auf die eine, immer in Dunkelheit liegende, Fensterbank. Die Fenster wurden bei Umbauarbeiten irgendwann einmal zugemauert. Das Neonlicht flackerte und er hängte den defekten Rennradrahmen an einen Deckenhaken. Als er sich zum Gehen wegdrehte, merkte er nicht, dass aus dem Sattelrohr ein weißes Pulver rieselte. Seltermann, ein Mann wie ein Baum, ungefähr 1,95 m groß, sehr muskulös und durchtrainiert, hatte bald Feierabend und freute sich schon beim Gang in die Umkleide auf sein ausführliches Fitnessprogramm, dass er sich auferlegt hat. Dazu gehörte Laufbandtraining, Schwingstab, aber auch Yoga. Raus aus den steifen, muffigen Polizeiklamotten. In den engen hellblauen Jeans hatte er einen richtigen Knackarsch. Der hellrosa Vintage Strickpullover mit V-Ausschnitt gab unter der hellblauen Krageneinfassung ein paar Brusthaare frei. Die hellblauen Sneakers, rundeten sein Outfit geschmackvoll ab. „Er schaute auf sich", wie es im mainfränkischen Sprachschatz genannt wird, wenn sich ein Mann/Frau besonderes stylt.

Das Ganze kam nicht von ungefähr. Er ließ sich von seinem früheren Kollegen Ex-Kriminalkommissar Eduard Gersteg beraten. Meistens bestellte der dann auch gleich die Sachen bei ihm. Gersteg hatte seinen Dienst bei der Polizei quittiert und wurde ein erfolgreicher Modeblogger und gefragter Influencer mit einer kleinen angeschlossenen Online-Boutique. Also es war keine richtige Boutique, er kleidete halt ein paar Bekannte ein, die

Vertrauen zu ihm und seinen Kleidungsexpertisen hatten. Meistens waren es frühere Kollegen, aber auch Männer von der dunklen Seite ließen sich von ihm einkleiden und bezahlten ihn recht üppig. Jetzt in der Corona Zeit kam er mit den Lieferungen kaum noch nach. Der online Handel boomte.

Die Grenzen waren wegen der Covid-19 Krise geschlossen. Niemand konnte weder rein noch raus aus Deutschland. Der Schwarze SUV musste also noch im Lande sein. Erst spät merkte Hatterer, dass der Name des Fahrers nicht der war, der im Führerschein stand, den die Streifenkollegen beim Unfall zwischen Volkach und Schwarzach aufgenommen hatten. Er war auf einen Artur Pirzhkoy ausgestellt. Der ein bekannter russischer Sänger ist, wie seine Recherchen später ergaben. Er erinnerte sich an den Songs des russischen Sängers. Bei früheren Ermittlungen die ihn auch einmal nach Armenien führten. Die liefen die Songs des Russen in den Bars und Clubs rauf und runter. Richtige Ohrwürmer.

Am nächsten Morgen waren Rudi Weingart und sein belgischer Schäferhund Admiral Benbow auf den Weg in die Asservatenkammer. Weingart hatte dort verschiedene Arten von Trainingsspielzeug für seinen Hund deponiert. Der Platz in der Kitzinger Polizeidienststelle war begrenzt. Die Beamten freuten sich auf den versprochenen Neubau. Admiral Benbow ist kein Drogenhund, sondern einer der drei Fährtenhunde des Polizeibezirks

Unterfranken mit sehr neugierigen Ausprägungen. Die Schutzhundeprüfung hatte er erst vor kurzem mit Erfolg bestanden. Peter Seltermann, der Verwalter der kleinen Asservatenkammer, saß auf seinem Stuhl hinter sowas wie einer Theke und schaute in ein Kreuzworträtsel. „Holmium, das chemisches Element mit der Ordnungszahl 67 ist Holmium". Seltermann schaute ihn groß an. „Passt, woher weißt du das?" Weingart erzählte ihm, dass sein etwas durchgeknallter Schwiegervater, zu seinen Geburtstagen, immer mit dem jeweiligen Namen der Ordnungszahlen der chemischen Elemente einlädt. Heuer war das eben „Projekt Holmium". „Okay, was brauchst du Peter!"

Rudi Weingart suchte im Durcheinander der Kammer nach speziellem Beißspielzeug. Das verwendete er um Admiral Benbow damit zu trainieren. Nach dem Training gab es dann immer Leckerli als Belohnung. Laut Vorschrift musste er Admiral Benbow einmal in der Woche mit Belohnung trainieren. Der neugierige und immer hungrige Benbow, wie er meist gerufen wurde, leckte derweil von dem weißen Pulver, dass auf dem Fußboden zu einem Häufchen von der Größe eines Maulwurfhügels angelaufen war. Als Weingart zum Gehen aufbrechen wollte, fand er seinen Admiral in einer etwas seltsamen Haltung vor. Er lag auf dem Rücken, streckte alle Viere von sich und leckte sich mit seiner Zunge ständig über das Gesicht. Dann sah Rudi Weingart den Haufen mit dem weißen Pulver. Ihm schwante

Böses dabei. Mit einem angefeuchteten Daumen probierte er von dem Zeug. Es schmeckte bitter mit einer Spur „numbing Sensation", typisch für Kokain. „Was hat er?" fragte Seltermann, der anscheinend mit seinem Kreuzworträtsel fertig geworden war. „Du mit deiner Scheiß Unordnung. Schau dir das an. Das ist Koks und mein kleiner Benbow hat davon eine Narkosedosis abbekommen." „Das kann gar nicht sein, alles ist registriert!" „Du Penner!", schimpfte Weingart, „Das Koks ist aus dem Fahrradrahmen herausgelaufen der da am Haken hängt!" Der baumlange Seltermann macht große Augen und verdreht nervös seinen Nacken, sowie er es immer macht, wenn er aufgeregt war. „Tatsächlich! Scheiße! Ich habe das nicht gemerkt!" „Und jetzt?" schimpfte Weingart, „ich muss das melden! So ein Saustall aber auch!" „Bitte nicht!" bettelte Seltermann, der sowieso auf sowas wie einer Systemfehler Liste stand, weil er schon mehr als einen Bock geschossen hatte. Weingart überlegte kurz und sagte dann ganz ruhig, dass Seltermann ihm jetzt etwas schuldet. „Was du willst!", flehte er dann Weingart an.

Die Vögel zwitscherten als Hatterer durch den Neuen Friedhof zum Grab von Felix von Stein lief. Es war kalt. Die Sonne strahlte durch das frische Grün der Bäume. Stein hatte keine Angehörige, er war nie verheiratet und hatte keine Kinder. Polizeichefin Susanna Porzuck hatte zur Beerdigung eingeladen. Ein bisschen Korpsgeist musste sein. In Corona Zeiten waren Beerdigungen unspektakuläre Ereignisse. Hatterers geschiedene Frau Elsa Menzel war auch verständigt worden, ist aber nicht gekommen. Er hätte noch einiges mit ihr wegen ihres gemeinsamen Sohnes Delcy zu besprechen gehabt. Die Kollegen von der Spurensicherung Max Steinegger und Michele Piazolo grüßten stumm. Die pensionierten Polizeihauptwachtmeister Franz Hell und Edgar Loder ließen es sich ebenfalls nicht nehmen. Zusammen mit dem früheren Assistenten und jetzigem Modeblogger Eduard Gersteg standen sie am Grab. Die neue Dekanin geleitete den kreuztragenden Bestattungsunternehmer die Treppen hinunter zum unteren Teil des Friedhofs. Die Totenglocke läutet. Die Leichenträger stellen sich hinten an. Nach einem Gebet und kurzer Ansprache singt die Dekanin „So nimm denn meine Hände". Es fließen ein paar Tränen. Die Leichenträger lassen den Sarg in den Gottesacker. Das wars. Es dauerte keine 15 Minuten, dann war das Begräbnis zu Ende. Alle hatten Abstand gehalten, niemand hatte gehustet. Hatterer nimmt den Mundschutz ab. Er will nach Hause fahren. Im vorderen Teil des Friedhofs findet eine zweite Beerdigung statt. Fred Dürnberger der Rennradfahrer wird am selben Tag beerdigt. Seine Leiche war von der Gerichtsmedizin freigegeben worden. Außer vielen Drogen im Blut wurde nichts Auffälliges gefunden. Eine kleine Abordnung des Radsportvereins ist gekommen, ein Fahnenträger marschiert vorne weg.

Hatterer hatte sich für heute nochmal frei genommen, Überstunden abbauen. Zu Hause warten bereits Großtante Petra Danovski, seine neue Freundin Isabella Rodríguez und Söhnchen Delcy auf ihn. Auf der Terrasse war gedeckt. Es gab Kaffee und selbstgebackenen Apfelkuchen. Hatterer beobachtet einige Grünfinken die über die Pflanzsteine hüpfen.

Die Corona Krise hatte Isabella überrascht, sie konnte nicht nach La Palma zurückfliegen. Die Pandemie hatte in Spanien besonders viele Opfer gefordert. Über 35 000 Menschen sterben auf der Iberischen Halbinsel. Dagegen waren es auf La Palma nur einige wenige Einwohner die an Covid-19 sterben mussten. Insgeheim freute es Hatterer das Isabella vorerst in Deutschland bleiben musste. Die Umstände dafür verdrängte er. Großtante Petra hatte große Angst, dass sie sich von Hatterer infizieren könnte, deshalb wollte sie morgen zurück nach Köln fahren. Hatterer und Isabella konnten es ihr nur mit Müh und Not ausreden. Sie hielten Abstand zueinander, damit sich Petra nicht anstecken konnte. Delcy war mittlerweile drei Jahre alt und Isabella war der Mutterersatz für ihn geworden. Die wiederum saß mit ihrer Lebensgefährtin in Neuseeland fest und konnte und wollte nicht nach Deutschland zurückkehren. Trotz Corona schien alles irgendwie weiterzugehen.

Auf der Dienststelle hatten sie die Tische auseinandergestellt. Jetzt waren zwei Meter Abstand möglich. Auf dem Fußboden waren Abstands-Markierungen ange-bracht. Die Fenster wurden regelmäßig für Stoßlüftun-gen geöffnet. Marlene Rupisch, die neue Dienststellen-leiterin, hatte das so angeordnet. Hatterer war froh, dass er nicht mehr so viel Verantwortung tragen musste. Er war es ja gewesen der Marlene den Führungsposten er-möglichte. Vier Tage in der Woche reichten ihm. Er ver-diente zwar ein paar Euro weniger, dafür konnte er mit seinem Söhnchen mehr unternehmen. Zudem beteiligte sich Großtante Petra sehr großzügig am Haushalts-budget.

Der frühere Mitarbeiter in der Kitzinger Außenstelle des Polizeipräsidiums Würzburg Yogi Weber, bekam einen neuen Job zugeteilt. Er lebt jetzt in München und arbei-tet als Partner von Nikos Tesfandrias beim LKA. Der Schürzenjäger ist bereit für neue Bekanntschaften und hat sich eine Dating App auf sein Smartphone gezogen. Im Moment wegen der Ausgangssperre eher unbrauch-bar für ihn. Im Januar war er noch auf Malle beim Rad-fahren gewesen, was ja in diesen Tagen auch nicht mehr ging. Die Insel war leer. Er hatte sich dort nochmal rich-tig ausgetobt. Mehrere Frauen meldeten sich deswegen in der Folgezeit bei ihm, sie wollten die Bekanntschaft und die schnelle Liebe, in der Schinkenstraße vertiefen.

Mathilda Gamrod, eine junge ehrgeizige Beamtin auf Probe im Dienstrang einer Polizeioberwachtmeisterin, die ihre Qualifikationsprüfung noch ablegen musste, ersetzte Weber nun in Kitzingen. Wegen Personalmangel wurde sie jetzt schon ins kalte Wasser geworfen. Die Stimmung auf der Dienststelle war eher gedrückt als entspannt. Was hauptsächlich mit den immer neuen Verordnungen in der Zeit der Pandemie zusammenhing. Niemand wusste so richtig Bescheid wie sie sich gegenüber Beschuldigten und anderen Personen verhalten sollten. Rupisch hat das angeforderte Desinfektionsmittel und die Flüssigseife bekommen. Peter Seltermann schraubte die Halterungen für die Flaschenspender an die Wand.

Es war jetzt Mitte April und Marlene Rupisch bekam die Nachricht mit dem Kokain. Rudi Weingart verständigte sie mit den Worten:" Wir haben Koks im Rohr!!" „Was haben wir im Rohr?" „Im Rohr gehabt!" erwiderte der rustikal wirkende Rudi Weingart. Nach einigem Hin und Her war klar, dass aus dem aufgehängten Rennradrahmen, des getöteten Radsportlers, Kokain gerieselt war und der Admiral Benbow von Rudi Weingart deswegen Dienstunfähig war. „Wie lange?" Rudi murmelte. „Keine Ahnung, mein Onkel der früher immer in der Dettelbacher Diskothek Tschu-Tschu Platten aufgelegt hatte, ja damals 1970 waren es noch richtige Schallplatten, hat mir mal erzählt, dass die Wirkung von Kokain bis zu drei Tage andauern kann!" Marlene verzog den Mund: „Hat er das? Gut dann stehst du in zwei Tagen mit deinem Admiral wieder auf der Matte." „Was für ein blöder Namen für einen Hund. Gott sei Dank ist

Hatterer morgen wieder da. Der soll sich darum kümmern!", dachte die 38-Jährige gebürtige Oberpfälzerin, die dialektfrei parlierte. Seltermann der immer noch mit den Flaschenspendern und den Ablagen für die Papierhandtücher herumwerkelte, jammerte dann hervor. „Es war meine Schuld mit dem Admiral, da unten in dem Loch ist aber auch kein Platz." „Ist gut Seltermann, niemand gibt dir die Schuld!" Dann packte die Chefin ein paar Schriftstücke in ihre braune Leder Vintage Notizhülle und wollte verschwinden. Sie freute sich insgeheim auf den Chat im Netz, mit einem wie sie meinte und er sich auch so darstellte, attraktiven Adonis mit dem sie seit ein paar Tagen über Liebe, Sex und Zärtlichkeiten chattete. Dann kam aber noch ein Anruf.

Hatterer nützte den Rest seines freien Tages um mit Isabella und Delcy im Park spazieren zu gehen. Das Wetter war schön. Die Nilgänse kreischten auf einer Insel im Main. Sie staunten über die graziöse Balz der Schwäne. Isabella war beeindruckt. Sowas gab es auf La Palma nicht. Aus den kleinen Parzellen der Integration Gärten, den die Stadt syrischen Flüchtlingen zum Anpflanzen von Gemüse überlassen hatte, kam ein Igel herausgekrabbelt. Es kann leicht sein, dass er gerade seinen Winterschlaf beendet hatte. Stare, Amseln und Wacholderdrosseln hüpften in den Wiesen herum. Wenn man genau hinsah, konnte man auch Grünfinken, Stieglitze und Blaumeisen entdecken. Es war Frühling. Man konnte ihn riechen. Der Virus, der fast alle Menschen in höchster Vorsicht auf den Wegen durch das Gelände laufen ließ, blühte weiterhin. Einige liefen mit Gesichtsschutz durch den Park, meist selbst genäht oder irgendwie gebastelt. Der Wohnmobilstellplatz, der über Ostern immer aus allen Nähten platzte, ist menschenleer. Kein Mobilhome weit und breit. Die neuen Abstandsregeln in der Corona-Krise sind ein Fest für selbsternannte Blockwarte. Auf der Rückfahrt nach Kaltensondheim konnten sie im Radio hören, dass im Allgäu einige Bergwanderer Anzeigen erhalten hatten, weil sie gegen die Abstandsregeln verstoßen haben. Die Bergfreunde sollen sich am Riedberger Horn zu dicht gedrängt am Gipfelkreuz aufgehalten haben. Isabella fragte was ein Horn sei. Hatterer tat sich schwer mit der Erklärung.

Marlene Rupisch und Mathilda Gamrod mussten kurz vor Dienstschluss, mit dem Unterstützungskommando, nach Volkach fahren und eine Festnahme durchführen. Aufmerksame Anwohner hatten die Polizei gerufen, die dann bei einer Kontrolle anlässlich der Corona-Pandemie in einer Wohnung unterschiedliche Betäubungsmittel entdeckte. „Wie sehe ich denn aus" jammerte Mathilda als sie in den Spiegel der Sonnenblende vom Beifahrersitz aus hineinschaute. „Seit vier Wochen keinen Frisör mehr. Ich frage mich nur wie lange das noch gehen soll und ob es nach der Corona-Krise überhaupt noch Frisöre gibt?" Marlene lachte gequält und meinte, „dass sie es auch bitter nötig hätte. Der Scheiß

Pferdeschwanz sehe so bescheiden aus und die Farbe würde herauswachsen."

In der etwas heruntergekommenen Wohnung, die anscheinend mehreren Personen zur Unterkunft diente, entdeckten Rupisch und Gamrod schließlich einige Gramm Amphetamin, geringe Mengen anderer Drogen wie Crystal, Ecstasy, Marihuana, Mescalin, STP und Haschisch sowie eine größere Menge Kokain. Sämtliche Betäubungsmittel wurden sichergestellt. Dazu ein ukrainischer Pass, einige Stichwaffen, Pfeffersprays und eine Gaspistole. Gegen die Besitzerin der Wohnung wird nun wegen des Verdachts des Rauschgifthandels ermittelt. Die Beamten vom Unterstützungskommando nahmen sie vorläufig fest und brachten sie zur Dienststelle. Die Nacht auf Mittwoch musste sie in einer Haftzelle verbringen. Der Pass war auf einen gewissen Vitaliy Shafranskiy ausgestellt. „Morgen machen wir weiter, mal schauen was die Analyse des Kokains ergibt. Ich wünsche dir einen schönen Abend Mathilda. Pass auf dich auf, wir brauchen dich noch!" Endlich Feierabend. Zu Hause in ihrer Wohnung in Etwashausen, schaltete sie sofort ihr Tablet an und versuchte ihr Sweetheart zu erreichen. Der kam irgendwie ziemlich schnell auf den Punkt. Es fielen Sätze wie: Du machst mich geil. Meine Hose ist schon ziemlich angespannt. Mach mal ein Selfie. „Nein, ein richtiges Selfie, wo ich auch was von dir sehen kann!" Marlene wurde es schummrig zumute, aber sie zog blank und schickte es ihm. „Du bist ja eine richtig geile Milf." So ging das den ganzen Abend, mit dem Ende, dass sich Marlene Rupisch, die Polizeichefin, einen Dildo in verschiedene Körperöffnungen steckte.

Die Nacht war sternenklar gewesen. Hatterer kam in die Dienststelle. So richtig Bock hatte er keinen. Er musste sich um verschiedene Anzeigen kümmern. Auf einem Zettel der auf seinem Schreibtisch lag stand, dass Marlene und Mathilda später kommen würden, weil sie gestern länger machen mussten. „So ein Scheiß!" dachte er. Ein Traktorfahrer hatte angeblich mit seinem Front-lader eine stationäre Radarfalle an der Autobahnbrücke bei Biebelried abtransportiert. Der Wert des Geräts soll bei 50.000 Euro liegen. In den Arrestzellen sitzen zwei Personen. Beide haben gegen die Ausgangs Beschrän-kungen und gegen das Betäubungsmittelgesetz versto-ßen. Er hatte richtig Stress.

Die Tür geht auf und Marlene kommt herein. Sie hängte ihre Softshelljacke von Probi in ahornrot an den Haken, kurzes Moin. Der frische Blumendruck lässt ihr Kleid zum modischen Hingucker werden. Die taillierte Pass-form mit Wickel-Effekt und Knoten-Detail zauberte bei Marlene eine sehr feminine Silhouette. So hatte Hatterer seine neue Chefin noch nie gesehen. Die graue Maus hat sich entpuppt.

Marlene schaut im PC nach dem Ergebnis des Kokain-abgleichs. Die Kollegen der Forensischen Toxikologie waren noch nicht soweit. Heute Nachmittag soll das Ergebnis vorliegen. Sie erklärt ihrem Vorgänger auf dem Chefsessel, was sich in den letzten beiden Tagen zugetragen hatte. „Dann kann es ja einen Zusammenhang zwischen dem Rennradfahrer oder zumindest dessen Rennmaschine und Persephone Maier aus Volkach und deren geschiedenen Mann John Evans geben?"

„Vielleicht, mal schauen wann die Toxikologen das Ergebnis liefern! Jedenfalls dürfen wir die Geschichte nicht so schnell über den Balkon werfen. Willst du auch einen Kaffee?" „Ähm, ja bitte, du weißt ja, schwarz!"

Die Mittagspause wollte Hatterer am Main im Park verbringen. Er lief der Leiterin des Stadtmuseums in die Arme. Aus geheimen Quellen wusste er, dass Sandra Adlerhorst am 13. Dezember 2019 von Oberbürgermeister Müllerschön gekündigt wurde. Offiziell ist sie noch bis 30. Juni im Dienst. Man hat ihr von Seiten des Gerichts sogar 55.000 Euro geboten, wenn sie ihren Arbeitsplatz bis zum 1. Mai räumen würde. Mit Abmahnungen wollte man sie weichkochen. Sie wusste, dass Hatterer davon Kenntnis hatte, er war ein Fan von ihrer Arbeit und mochte sie gut leiden. Ihm war klar, dass sie sich mit ihren archäologischen Alleingängen selber in diese Situation hineinmanövrierte. „Na Sandra wie geht's, gibt es was Neues oder wollen sie dich immer noch aus dem Museum mobben?" Am sozialen Zaun, wo die Kitzinger, alte aber noch brauchbare Sachen ablegen konnten, blieben sie stehen. „Ja, wollen sie. Aber mein lieber Hatterer sei versichert, ich werde bis zum Schluss um dieses älteste fränkische Stadtmuseum kämpfen. Es war noch nie so gut dagestanden wie unter meiner Leitung und dieses Lebenswerk werde ich nicht ohne größtmöglichen Widerstand aufgeben. Das Museum hat man sich in Kitzingen über genau 125 Jahre hinweg geleistet. Es war trotz Not und Geldmangel sogar während der Weltkriege für die Bürger zugänglich und heute will man diesen alten Wissensspeicher einfach wegsparen!" Das Hochziehen von Hatterers Augenbrauen, eine unbewusste Reaktion von ihm, zeigte der Museumsleiterin eine gewisse Wertschätzung von Seiten des Kriminalpolizisten. „Ja, dann wünsche ich dir mal viel Glück dabei!" Die alte grauhaarige Flaschensammlerin kommt, ihr Fahrrad schiebend, vorbei. Auch sie durchlebt im Moment schwere Zeiten.

Ist schon komisch, überlegte Hatterer, mit dem Distanzhalten. Jeder der hier vorbei kommt, kann mithören was gesprochen wird. Es tut nicht gut, wenn ich mich jetzt in den Grabenkampf zwischen Oberbürgermeister und Stadtrat einerseits, und der Museumsleiterin andererseits einmische, dachte er sich. Es war ein stürmischer Apriltag. Die Landwirte hatten schon Angst, dass es das dritte Dürrejahr in Folge werden könnte. Bis dato kamen nur 3% der sonst üblichen Regenmenge im April auf das

Land. Ab heute haben die Baumärkte wieder geöffnet und die Leute standen Schlange. Vermutlich auch sein Nachbar Herbert Schleret. Hatterer meinte sowas gehört zu haben, als er gestern mit Delcy und Isabella im Garten spielte. Auch hier Kontaktverbot. Schleret unterhält sich zurzeit laut schreiend über fünf Meter.

Nach der Mittagspause soll er Persephone Maier, die Kifferlady aus Volkach, verhören. „Ich sag nix ohne meinen Anwalt!" Das war der einzige Satz der über die Lippen der „Hobby–Drogendealerin" aus Volkach kam. Im richtigen Job war sie unterbezahlte Klickarbeiterin für Figare nine um dort unterbezahlt Suchmaschinen zu verbessern oder andere monotonen Online-Jobs zu erledigen. Die Firmen zahlen einen Hungerlohn. Es ist die moderne Ausbeutung im 21. Jahrhundert. Global vernetzt in Konkurrenz untereinander und zueinander, ohne Gewerkschaften und sonstigen Regeln des Arbeitsschutzes.

„Na dann müssen wir sie, liebe Frau Maier, ins Frauengefängnis nach Würzburg/Ost überstellen!" Sie blickte vom Boden auf und schaute Hatterer mit ihren listigen zusammengekniffenen Augen an. „Warten sie, wenn ich jetzt eine Aussage mache, kann ich dann nach Hause? Meine Mutter braucht mich doch!" Hatterer schaute sie an und dachte im Stillen was für eine arme Frau da vor ihm saß. Er sagte zu ihr „Facie enim est anima imago!" „Hä?", kam aus dem fahlen Gesicht der Frau. Hatterer sagte dann: „Auf deutsch: Das Gesicht ist das Abbild der Seele!" Sie verzog ihr Gesicht jetzt zu einer Fratze und lästerte „du mich auch!"

Arne Hatterers kräftige Gestalt, seine stets zerzausten Haare und der struppige Bart haben ihm den Ruf eines etwas grobschlächtigen, aber gutmütigen Ermittlers eingebracht. Kollegen haben bei ihm beinahe weniger zu lachen als Zeugen oder Verdächtige. Eine gewisse Freundlichkeit und Empathie bringt er aber seiner neuen Assistentin, der jungen Mathilda Gamrod, gegenüber auf.

„Schauen wir mal was sie zu sagen haben. Sie müssen sich nicht selbst belasten. Was uns interessiert ist die Tatsache: „Bei dem Rennradfahrer, der bei dem Verkehrsunfall am Sonntag ums Leben gekommen ist, wurde dasselbe Kokain festgestellt, wie das bei Ihnen sichergestellte. Wir brauchen den Zusammenhang." Der Bluff ging auf. Die Frau fing das Reden an.

„Fred Dürnberger, also der Rennradfahrer, ist ja früher einmal Radrennen gefahren. Er hatte immer mit Drogen und Dopingmittel zu tun, auch in der Zeit als er noch Nabenfahrer beim Nichtel & Brachs war. Er brachte das Koks zu uns. Wir kauften ihm das praktisch ab. Das meiste konsumierten wir selber. Ein Teil war auch für gute Freunde dabei!" Hatterer schaute sie staunend an und fragte, woher sie Dürnberger denn kannte. Sie erzählte freimütig von ihrer Mutter, die ebenfalls einmal Radrennen gefahren sei, von verschiedenen Radhändlern und dem ganzen Dopingsumpf um die Dittelbrunner Radsportszene von früher.

Hatterer nahm alles zu Protokoll und entließ dann Persephone Maier, die sich eine Spur zu überschwänglich bei ihm bedankte. „Eine Anzeige bekommen sie auf jeden Fall", rief er ihr nach. „Leck mich!", dachte die Frau. „Das mit der kranken Mutter hat er mir voll abgenommen, dabei ist meine Mutter schon seit einigen Jahren tot."

Die Befragung von John Evans, dem geschiedenen Mann von Persephone Maier, brachte Hatterer in dem Fall des getöteten Fred Dürnberger auch nicht weiter. Bei der Taschenkontrolle von Evans wurden einige ROK-Ampullen gefunden. Hatterer fragte Evans was es mit den Ampullen auf sich hat, die man bei ihm gefunden hatte. „Sag´s, wir finden es doch raus!" Er gestand dann, dass er in einem Weinberg einige hundert ROK-Ampullen herausgezwickt hatte. Den Inhalt verdampfte er mit mehreren Bekannten in der Sauna eines neuen Hotels in Volkach, das aber wegen Covid-19 noch geschlossen hatte. Die Namen wollte er nicht nennen. Der Dampf versetzte sie in einen intensiven Rauschzustand. Er bekam eine Anzeige wegen Diebstahls und Hausfriedensbruch. „Billig, geht anders! Die Winzer und Besitzer des Hotels werden sich sicherlich auch noch bei dir melden", sagte Hatterer zu ihm beim Weggehen. „Scheiß Süchtige!" dachte er.

Mitte April war in Großlangheim und nicht nur dort, die Ausbringung der ROK-Ampullen zur Verwirrung des Traubenwicklers gestartet worden. Der Traubenwickler ist ein gefährlicher Schädling, der in fast allen europäischen Weinbergen vorkommt. Zur Begattungszeit legt er seine Larven in die Gescheine der zukünftigen Trauben ab. Die entstehenden Fraß-Schäden der Larven an den Trauben führen dazu, dass die Trauben nicht weiter zu Wein verarbeitet werden können. Die Grauschimmelfäule tritt auf. Mit dem aushängen der ROK-Ampullen ersparen sich die Winzer bis zu drei chemische Behandlungen der Weinreben. Es fördert außerdem das Bodenleben und stört Nützlinge wie Schmetterlinge und Bienen nicht in ihrer aktiven Phase. Die Ampullen enthalten den Sexuallockstoff der weiblichen Tiere und verwirren die Männchen in der Begattungszeit, sodass keine Befruchtung und Eiablage stattfinden kann. Diese biologische Verwirrmethode benötigt ein großes, zusammenhängendes Gebiet, um zum Erfolg zu gelangen. Die Winzer in Mainfranken machen sich diesen biologischen Vorgang in ihrem Anbaugebiet bereits seit vielen Jahren zu Nutzen. Doch jetzt waren über fünfhundert der Ampullen aus den Weinbergen entwendet worden. Dadurch ist ein riesiges Loch in dem zusammenhängenden Behandlungsgebiet entstanden. Die Winzer mussten sich neue ROK-Ampullen der Firma BFSA besorgen. Das wird für John Evans ziemlich teuer werden. Alleine die Verhandlungskosten bei Gericht werden mit einem vierstelligen Betrag in Rechnung gestellt werden. Dazu Beschaffungskosten, Arbeitszeit und evtl. auch Schadensersatz.

Hatterer machte früher Dienstschluss und fuhr mit seiner Familie nach Großlangheim zum Spazierengehen in den Weinbergen. Er wollte sich das einmal ansehen. Delcy düste mit dem kleinen Laufrad vorneweg. Oma Petra hielt Abstand und trottete hinterher. Hatterer schaute sich während des Spaziergangs die braunen ROK-Ampullen an die in jeder Zeile hingen. Er zog sein Smartphone und machte ein Foto. Ein Hase hoppelte davon. Die Sonne verströmte angenehme Wärme. Ein Rotkehlchen beobachtete die Familie und flog gleich wieder davon. Auf dem Heimweg fuhr Hatterer bei einem Discounter vorbei und kaufte Brokkoli, Romanesco und Blumenkohl.

Beim Abschneiden der Etiketten vom Gemüse sah Isabelle den Schriftzug „Made in Spain". Es kullerten ein paar Tränen bei ihr. Sie musste an ihren verstorbenen Großvater und einige Arbeitskolleginnen denken. Sonst hatte sie ja keine Familie mehr.

Die Tage vergingen und die Beamten der kleinen Dienststelle kamen keinen Schritt weiter. Der SUV war immer noch verschwunden und einen Vitaliy Shafranskiy, der mittlerweile ihr Hauptverdächtiger war, konnten sie ebenfalls nicht finden. Sie hatten nichts, rein gar nichts. Heute wurden die Beamten der Dienststelle auf Covid-19 getestet. Der Nachweis für SARS-CoV-2 läuft über Abstriche aus dem Mund-, Nasen- oder Rachenraum. Eine Ärztin des Gesundheitsamtes erklärte, „dass der Abstrich auf das Erbgut des Virus überprüft wird. In für die entsprechenden Verfahren geprüften Laboren wird das virale Erbgut durch einen empfindlichen molekularen Test dann nachgewiesen. Verkürzt heißt der "Real-time Reverse Transkriptase Polymerase-Kettenreaktion" dann RT-PCR. Wir arbeiten mit einem Gerät, dass das wenige genetische Material der Probe in mehreren Zyklen vervielfältigt. Durch den Einsatz fluoreszierender Stoffe sieht man dann, ob die gesuchten Gensequenzen des Virus vorliegen oder nicht. „Alles verstanden? Gut dann legen wir los. Bitte erst eintreten, wenn die vor Ihnen getestete Person wieder herausgekommen ist. Mundschutz nicht vergessen."

Die kleinen Geschäfte bis 200 Meter Verkaufsfläche durften seit heute wieder öffnen. Für manche zu spät. Nach einem kläglichen Osterfest, ein erster kleiner Schritt aus der Corona-Krise. Ob alle überleben werden kann man nicht sagen. Es ist für die Geschäftsinhaber eine verdammt harte Zeit.

Katastrophenfall Tag 43/Ausgangsbeschränkung Tag 38. Schutzmaskenpflicht wurde endlich angeordnet.

Geschlossene Gaststätten, geschlossene Hotels und Ferienwohnungen. Das winzige Corona-Virus zwingt den Tourismus in Franken in die Knie. Die Stimmung ist zappenduster bei den Gastwirten. „Auf den Maskenball in den Geschäften bin ich echt gespannt! Moin Arne! Was herausbekommen bei unseren beiden Delinquenten? "Ja, ROK-Ampullen haben die in den Weinbergen geklaut und in der Sauna verdampft. Der getötete Dürnberger war wohl ein Dealer und hat verschiedene Kunden beliefert. Über den Umfang kann ich noch nichts sagen. Es kann sein, dass er irgendjemand linken wollte und so buchstäblich unter die Räder kam. Beweise dafür gibt es aber nicht! Die beiden getesteten Kokainproben stimmen überein. Es ist derselbe Stoff".

Mathilda Gamrod kam ins Büro der Dienststelle. Sie hatte einen ärmellosen, pinkfarbenen Denim Jumpsuit mit Blumenprint angezogen. Darunter trug sie ein graues Retroshirt mit langen Ärmeln und auch der Mundschutz war pink. „Chic!", entfuhr es Hatterer. Sie lächelte ihn an und sagte leise „Danke". In der Pause las sie aus einem Facebook Post laut vor. „Zahnarzt Dr. Manfred St. ist der Meinung, dass sich das neuartige Virus nach heutigem Stand der Wissenschaft zuerst im Mund- und Rachenraum einnistet. Wenn dort also mit den bekannten Mitteln wie Zahnbürste und Zahnpasta und am besten noch mit einer Mundspülung für eine wirksame Mundhygiene gesorgt wird, kann dem Virus schon mal eine entscheidende Hürde entgegengestellt werden. Stimmt hingegen die Mundhygiene nicht, leidet der Patient obendrein unter Karies und Parodontitis, haben Krankheitserreger leichteres Spiel. Dann stehen Viren und Bakterien Tür und Tor offen. „Also Leute immer schön die Zähne putzen." Hatterer hielt dagegen, dass der Zahnklempner doch nur mögliche, verängstigte Patienten in seine Praxis locken will. Es ginge doch zurzeit aus Angst vor Ansteckung, niemand zum Zahnarzt.

„Genug gequatscht. Wie wollen wir weiter vorgehen? Arne du könntest einmal den Dürnberger durchleuchten. Schau mal was du so herausbekommst!" „Mach ich!"

Katastrophenfall Tag 44/Ausgangsbeschränkung Tag 39: Maskenpflicht: Alle Menschen laufen mit Masken durch die Gegend. Ob zum Einkaufen, in Bussen und Bahnen, oder die ganz Harten auch beim Spazierengehen im Park. An fast jedem Innenspiegel der Autos hängt mittlerweile mindestens eine Schutzmaske. In einer Tageszeitung gab es sogar einen Wettbewerb wer den interessantesten Mundschutz trägt. Die Leute wurden immer brauner und die Haare immer länger. Manche Menschen genossen den entschleunigten Lebensabschnitt, hofften aber auch, dass der Spuk bald vorbei sein wird. Was sich aber leider nicht als Tatsache herausstellen wird. Im Gegenteil, die Zweite Welle im Herbst und Winter wird intensiver ausfallen. Wie es sich die Menschen im Frühjahr noch nicht vorstellen konnten.

In einem Delikatessenladen in der Herrnstraße, kaufte ein modisch gekleideter Kunde, Champagner, Tartufi Dolci Neri, also dunkle Trüffelpralinen mit Piemont-Haselnüssen und Kakao, sowie zartknusprige Waffelblättchen, umhüllt von feinster Vollmilch-, Zartbitter- und weißer Schokolade. Die Verkäuferin himmelte ihn beim Bezahlen an. „Arrivederci" war alles was sie zu hören bekam.

Marlene Rupisch ist mit ihrem neuen, sündhaft teuren E-Bike zum Dienst gekommen. Sie will sich in ihrer Mittagspause mit einem prominenten Kitzinger treffen. Sie sind sich über den Chat eines Dating Netzwerks, auch sexuell, schon nähergekommen. Heute wollen sie sich das erste Mal „LIVE" kennenlernen. Treffpunkt ist die Ruhebank auf dem Betonweg zwischen Kaltensondheim und Repperndorf. Hatterer und Mathilda merken, dass ihre Chefin irgendwie aufgeregt war und sich ziemlich aufgebrezelt hatte. Neue sehr enge, edle Stretchhose dazu das passende Oberteil, sie sah aus wie eine swaggy Instagram Influencerin.

Über Dürnberger haben sie in der Datenbank eines Radsport-Forum herausbekommen, dass er wohl ein erfolgreicher Radrennfahrer war, aber immer wieder mit Dopingvorwürfen konfrontiert wurde. Nachweisen konnte man es ihm nie. Nach seiner Laufbahn als Radsportler, die er erst in einem Alter von 41 Jahren beendete, war er in der Reisebranche tätig. Explicit Radreisen auf

Mallorca. In den Wintermonaten half er beim planen von einigen Radmarathons. Im Sommer, nach der Trainingslager-Saison auf Malle, war er als Schrauber zeitweise bei einem Profirennstall beschäftigt. „Der Mann ist viel herumgekommen. Wird schwer werden irgendwelche Spuren aufzunehmen!", sagte Hatterer zu seiner nicht mehr so aufmerksamen und leicht aufgeregt wirkenden Chefin. „Was ist los mit dir, gibt es keine Antwort!" Marlene schaute ihn an und stotterte: „Ja Radreisen in Marokko!" Mathilda musste lachen und Hatterer sagte nur: „Genau!" Marlene ging in die Damentoilette, verwendete Mizellenwasser als Toner, trug Rouge und knallroten Lippenstift auf, sprühte sich mit Lavendel Parfüm ein, Vintage Kopftuch auf, finish.

Mittags im Aufenthaltsraum holte sich Arne die Mainpostille und stellte fest, dass sie immer dünner wurde. Mathilda telefoniert mit einem Frisörsalon und macht einen Termin für nächste Woche Mittwoch klar.

Marlene war mit ihrem E-Bike Richtung Repperndorf unterwegs. Es war schönes Wetter, warm und die Sonne schien. Sie spürte den Fahrtwind und er tat ihr gut. Ihr Kopftuch flatterte. Auf den Äckern zogen die Trecker Staubfahnen hinter sich her. Dann sah sie aus einiger Entfernung den Herzallerliebsten. Lässig an der Bank gelehnt. Südländischer Typ, die schwarzen Haare waren gegelt. Mit dem Dreitagebart sah er aus wie ein Dressman aus der Hochglanzwerbung. Ihr Herz schlug schneller. Vielleicht war es die optische Oberflächlichkeit. Die vielgepriesenen inneren Werte hatten sie mit einem Schlag nicht mehr interessiert. Die Flamme der Leidenschaft loderte in ihr beim Anblick dieses Mannes. Das Gehirn hatte die Polizeichefin ausgeschaltet. Seit drei Wochen haben sie sich jeden Tag geschrieben und Bildchen verschickt. Zuletzt waren sie nicht mehr Jugendfrei. „Hallo! Schön, dass du es einrichten konntest, möchtest du was trinken und essen. Ich habe alles dabei!" Marlene war sprachlos und ausgeliefert. Der Korken knallte. Der Schönling lachte und schenkte lässig zwei Gläser mit dem teuren Schampus ein. Sie ließen die Gläser klingen. Er steckte ihr einen Tartufi in den Mund, um dann ein Stückchen davon abzubeißen. Dann fackelte er nicht mehr lange und steckte seine Zunge, Corona zum Trotz, in ihren Hals. Es war ein langer, leidenschaftlicher Kuss. Marlene wollte ihn gar nicht mehr loslassen. Wie lange hatte sie sich danach gesehnt. Sie drückte mit ihrer rechten Hand seinen Hals auf ihr Gesicht. „Du gehst ja ganz schön ran!" Marlene lachte verschmitzt und zog vor den gierigen Augen ihres Bald-Liebhabers, zuerst ihre Stretchhose und dann auch den String aus. Es passierte dass, was kommen musste.

Zur selben Zeit machten sich Renate und Herbert Schleret auf zu einer Radtour. Herbert hatte die Ebikes schon am Morgen durchgecheckt und in den Garten geschoben. Sie hatten gut gegessen. Gebratenen Lachs mit Kohlrabigemüse und Tomaten. Sie wollten die kleine

Runde über Repperndorf, Buchbrunn, Mainstockheim fahren. Als sie an der Ruhebank am höchsten Punkt der Stecke ankamen, sahen sie ein Pärchen neben den Hecken. Frau Schleret kam es so vor, als ob sich die Beiden gerade ihre Klamotten anzogen, so sah es jedenfalls für sie aus. „Hast des gesehn, des war doch die Rumisch, die Chefin vom Arne!", sagte aufgeregt Renate Schleret zu ihrem Manne. „Menst, die hässt aber Rupisch. Ich hab nix gsehn, hab mei Brill ned auf!" Renate schnaufte die leichte Anhöhe hoch: "Du widder, der Typ, des war der Jakob Rolinger der Immobilienhändler, den kennst doch a, der wollte doch unser Häusle käff. Ich gleb die zwä haben ein Techtelmechtel!" „Wennst menst, des is mir vei sowas von wurscht!"

Marlene biss zum Abschied ihrem neuen Lover zärtlich ins Ohrläppchen und flüsterte leise, es war mehr ein Hauchen, dass sie noch nie so gut gevögelt wurde. Rolinger gab ihr einen Klaps auf ihren festen Hintern und schob das Bike ein Stückchen an.

Rolinger schmunzelte in sich hinein. Dann zog er seine Harley aus dem Rastplatz und fuhr in die andere Richtung davon.

Gut gelaunt und gut durchblutet kommt Marlene in die Dienststelle. Mathilda meint trocken zu Hatterer, dass sie wie frisch gefickt aussehen würde. Arne räuspert sich, sagt aber nix. Er mochte diese Art von

Beschreibungen nicht. Marlene kommt mit einer vollen Tasse Kaffee wieder zurück ins Büro. In der anderen Hand einen Zettel. Die Polizeipräsidentin hat gemailt und den Dreien im Schreiben mitgeteilt, dass sie sich jetzt eine Woche an der Verkehrsüberwachung im Rahmen der Aktion „sicher.mobil.leben" in Kitzingen und Umgebung beteiligen müssten. Wegen der Corona-Krise haben sich einige, vor allem ältere Kollegen, krankschreiben lassen. Mathilda liest vor „Ab Dienstag, 28.04.2020, drohen bei Verstößen im Straßenverkehr drastisch höhere Bußgelder. Für Autofahrer gelten strengere Regeln zum Schutz der Fahrradfahrer. Die Strafen für Tempoverstöße werden deutlich verschärft. Ab 16 km/h zu schnell innerhalb der Ortschaft gibt's einen Punkt in Flensburg und 70 Euro Bußgeld. Ab 21 km/h zu schnell gibt's zwei Punkte, Bußgelder von 80 bis 680 Euro und einen bis drei Monate Fahrverbot. Schon ab 16 km/h (vorher ab 21 km/h) zu schnell außerhalb des Ortes, gibt es einen Punkt in Flensburg und ein Bußgeld von 70 Euro. Ab 26 km/h zu schnell gibt es zwei Punkte, einen Monat Fahrverbot und das Bußgeld steigt bis auf 600 Euro bei 70 km/h zu viel. Auf Schutzstreifen für Fahrradfahrer darf nicht mehr gehalten werden. Es drohen bis zu 100 Euro Strafe und ein Punkt. Auch die unerlaubte Nutzung von Gehwegen, linksseitig angelegten Radwegen und Seitenstreifen werden statt wie bisher 25 Euro bis zu 100 Euro fällig. Wer Radfahrer innerorts überholt muss künftig einen Sicherheitsabstand von 1,5 Meter einhalten, außerorts 2 Meter.

Bisher musste lediglich ein „ausreichender Seitenabstand" eingehalten werden. Außerdem gibt es künftig ein neues Verkehrszeichen "Überholverbot von Zweirädern", das zum Beispiel an engen Stellen aufgestellt werden soll. Mit dem neuen Symbol "Lastenfahrrad" dürfen eigene Parkflächen und Ladezonen für diese Zweiräder ausgewiesen werden. Künftig wird es auch Fahrradzonen geben, ähnlich den Tempo-30-Zonen. Hier dürfen Autos nicht schneller als 30 km/h fahren und den Fahrradverkehr weder behindern noch gefährden. *Erlaubt wird auch, dass zwei Radfahrer nebeneinander fahren*, sofern der Verkehr dadurch nicht behindert wird. Die bestehende Grünpfeilregelung wird erweitert. Das Schild an den Ampeln wird auch für Fahrradfahrer gelten, wenn sie von einem Radfahrstreifen oder Radweg aus rechts abbiegen wollen. Zusätzlich ist ein eigenes Grünpfeilschild nur für Radler geplant. Fahrzeuge über 3,5 Tonnen, die innerorts rechts abbiegen, dürfen künftig auf Straßen, wo mit Rad- oder Fußverkehr gerechnet werden muss, nur noch Schrittgeschwindigkeit fahren. Verstöße kosten 70 Euro Bußgeld und es gibt einen Punkt in Flensburg. Kurz mal in zweiter Reihe halten, jemanden rauslassen, etwas ein- oder ausladen: Das ist sowieso nicht erlaubt, wird aber oft geduldet. Im Moment drohen 15 Euro Bußgeld fürs Halten, beim Parken 20 Euro. Nun wird das Halten in zweiter Reihe deutlich härter bestraft: 55 Euro und bei Behinderung werden sogar 70 Euro fällig. Auch gibt es einen Punkt in Flensburg. Wer sein Auto unerlaubt auf einem Schwerbehinderten-Parkplatz abstellt, muss künftig 55 Euro statt 35 Euro zahlen. Wer sein Auto an einer scharfen Kurve oder einer unübersichtlichen Straßenstelle parkt, muss künftig 35 Euro zahlen. Für allgemeine Halt- und Parkverstöße wird laut der Website des Bundesverkehrsministeriums das Bußgeld auf 25 Euro angehoben. Parken für Carsharing-Fahrzeuge soll ebenfalls erleichtert werden. Dazu gehört ein neues Symbol für bevorrechtigtes Parken und ein Ausweis für Carsharing-Fahrzeuge. Er muss hinter die Windschutzscheibe gelegt werden. Wenn in Fahrtrichtung rechts neben der Fahrbahn ein baulich angelegter Radweg verläuft, müssen beim Parken vor Kreuzungen und Einmündungen ab jetzt mindestens acht Meter Abstand zu den Schnittpunkten der Fahrbahnkanten gehalten werden. Dadurch sollen abbiegende Fahrzeuge Radfahrer besser und schneller erkennen. Bisher waren es mindestens fünf Meter. Die gelten weiterhin bei Straßen ohne Radweg. Wer eine Blitzer-App während der Fahrt nutzt, für den beträgt das Bußgeld 75 Euro, dazu kommt noch ein Punkt in Flensburg. Auch den Angebern auf der Straße, den sogenannten Posern, soll es an den Kragen gehen. Wer sein Gaspedal an der Ampel bis zum Bodenblech durchtritt, kann wegen Lärm- und Abgasbelästigung mit einer Buße belegt werden. Wer unnötig sein getuntes Fahrzeug spaßeshalber die Straßen rauf- und runterfährt kann das für ein Bußgeld von bis zu 100 Euro machen. Bla, bla, bla." Sie konnten nicht wissen, dass der Verkehrsminister schon nach wenigen Wochen einige der neuen Bestimmungen, wegen eines Formfehlers, wieder zurücknehmen wird. Was das Durcheinander noch weiter fördert. Im Februar 2022 werden sie final dann doch wieder in ähnlicher Form gelten.

„Ich höre jetzt schon die erbosten Kommentare der Autofahrer. Dann hat unser angeblicher Mordfall erst mal Pause" „Angeblich", zischte Marlene, „das war Mord!" „Bist du dir da so sicher? Was haben wir. Einen Toten der zwielichtige Drogengeschäfte gemacht hat. In meinen Augen eher ein Kleindealer. Dann einen verschwundenen SUV und auch der wahrscheinliche Fahrer Vitaliy Shafranskiy ist verschwunden!" Hatterer schaute Mathilda groß an, die es schön auf den Punkt gebracht hat, mit ihrer Zusammenfassung. „Ja reicht das nicht! Ich gehe heute ein bisschen früher. Ich bin zum Essen eingeladen." Marlenes Augen glänzten als sie das sagte und dabei an ihre neue Liebe Jakob Rolinger dachte. Ihr war heiß, dann kippte sie beide Fenster. Nach einigen Minuten dann: „Also Tschüss ihr zwei, macht nicht mehr so lange!" Beim Hinausgehen wackelte sie besonders neckisch mit ihrem feisten Hintern in ihrer engen schwarzen Stretchhose mit den weißen Seitenstreifen, oder kam das Hatterer nur so vor.

Mathilda nahm ihren Mundschutz ab und visionierte, dass Dürnberger ihrer Ansicht nach entweder Koks auf die Seite gebracht oder Geld unterschlagen hatte, „kann natürlich auch Beides zusammen sein!". Hatterer erklärte dann schulbuchmäßig, dass er unter Umständen die oberen Bosse, die es ja sicherlich gibt, mit irgendetwas erpresst haben könnte. Hatterer glaubt aber immer noch eher an einen gewöhnlichen Autounfall. „Morgen soll es regnen, die Natur freut sich!" „Lenk nicht ab Arne, ob es morgen regnet oder nicht ist für den Fall scheißegal. Mir grauts vor der Verkehrsüberwachung nächste Woche. Zum Glück sind noch nicht die Eisheiligen am Start, die sind erst eine Woche später."

„Kennst du die Namen der Eisheiligen?", „Ich kenn nur die kalte Sophie!" „Also pass mal auf!"

Hatterer holte Luft überlegte kurz und zählte dann auf: „11. Mai – Mamertus, 12. Mai – Pankratius, 13. Mai – Servatius, 14. Mai – Bonifatius und am 15. Mai – deine kalte Sophie." Mathilda lachte und nuschelte, dass ihre Sophie ebenfalls kalt sei. Wieder so eine Bemerkung die Hatterer überhörte, er tat jedenfalls so und gab keine Antwort auf die kalte Sophie.

In der Mainpostille liest Hatterer nach Feierabend, dass Uwe Ludwig Horn, besser bekannt als Roy, der Partner von Siegfried mit den vielen weißen Tigern in Las Vegas an Covid-19 verstorben ist.

Marlene traf am Abend ihren neuen Geliebten in seinen edlen Gemächern, in einem großen, trendigen Neubau direkt am Mainufer. Sie war ihm spätestens nach dieser

Nacht verfallen. Noch merkte sie nicht, was Rolinger wirklich von ihr wollte. Irgendwie lebte sie im Jetzt und dachte nicht daran was war und was kommen mag. Sie wollte endlich einfach nur glücklich sein. Dabei erinnerte sie sich an einen Satz, den sie irgendwo einmal gelesen hatte und den sie sich gemerkt hatte: „Die Gewohnheit ist eine gefährliche, eitle Göttin. Sie lässt nichts zu, was ihre Regentschaft unterbricht. Sie tötet eine Sehnsucht nach der anderen. Die Sehnsucht nach Reisen, nach einer neuen Liebe …. Sie verhindert zu leben, wie man will … " Also einfach mal der Göttin zeigen wo es lang geht.

Mathilda sperrte die Tür zu ihrer Altbauwohnung in der Kaiserstraße auf. Sie machte sich ein wenig frisch und skypte mit ihren Eltern die in Burggrub im Steigerwald wohnten. „Uns geht es gut, mach dir keine Sorgen!", sagte die Mutter lächelnd. Dann weiter: „Die Hühner geben Eier, Brot backen wir selber, wir haben genug Mehl und nächste Woche wollen wir eine Sau schlachten!" Mathilda war erleichtert, dann hatte sie, nach einer längeren Wartezeit, das verschlafene Konterfei ihres Freundes der irgendwie in Neuseeland hängen geblieben ist, auf dem Display ihres Tabletts. „Du weißt schon, dass es bei mir gerade drei Uhr in der Nacht ist!" „Oh sorry, ich hatte solche Sehnsucht nach dir!" Er erzählte, dass er zwei deutsche Frauen kennengelernt hat, die auch aus Franken kämen. Swanhilda Lichtenberg und Elsa Menzel. Sie waren zu einer Weltreise aufgebrochen. So genau wussten sie es selber nicht was sie vorhatten. Für den Startpunkt ihrer Auszeit von Deutschland hatten sie sich für eine Hilfsorganisation auf einem Rettungsschiff im Mittelmeer angeheuern lassen. Der Job war nicht das richtige für die Beiden. Dann zog es sie nach Australien. Jetzt sitzen sie ebenfalls in Neuseeland fest. „Muss ich mir Sorgen machen?" Sie freute sich das verzögerte Lachen ihres Freundes zu hören: "Nein, die beiden sind lesbisch, die wollen bestimmt nichts von mir wissen. Außerdem habe ich einen guten Job gefunden und bleibe erst einmal hier. Ich schicke dir Geld und wenn die Pandemie vorbei ist, kommst du dann einfach nach. Hier zu leben ist toll." „Mmh, mal schauen! Die Pandemie kann noch lange dauern!" Womit Mathilda nicht Unrecht hatte.

Hatterer holte seine Familie in Kaltensondheim ab. Sie wollten gerade zum Auto laufen, als ihre Nachbarin Renate Schleret zu Arne rief, „ob er mal kurz Zeit hätte, sie müsse ihm etwas sagen". Durch den Mundschatz verstand er sie nicht richtig. Herbert Schleret zog seine Frau am Ärmel der Kittelschürze und sagte zu ihr sehr energisch, dass sie es doch jetzt lassen soll. „Siehst doch, dass die fortwollen!" Arne vertröstete Renate Schleret damit, dass er und seine Familie den Nachmittag ausnützen wollen. Großtante Petra sagte trocken in ihrem Kölner Dialekt: „Der jeht mr langsam op der Nerve!" Isabella lachte, küsste Arne und gab zu verstehen, dass sie nix verstanden hätte. Delcy krabbelte in seinen

Kindersitz. Arne drehte den Zündschlüssel und los gings. Sie wollten zum Spazierengehen auf den Schwanberg fahren. Arne wollte ihnen den Birkensee zeigen.

Renate Schleret schimpfte mit ihrem Gemahl, wieso er sie unterbrochen hätte? „Ich sag dir, dass der Arne des wiss muss, was sei Chefin da treibt. Je jünger der Mann, desto eher kannst du davon ausgehen, dass er nicht treu bleiben wird. Schöne Männer bekommen andauernd Avancen von hübschen Frauen und nur die Minderheit wird dem widerstehen. Ich habe vor dir, des wesst ja, auf einer Party einen Mann kennengelernt, der mich äußerlich total umgehauen hat. Er gehörte zu den attraktivsten Männern die ich jemals getroffen habe, außer dir natürlich. Zudem war er auch noch sehr sympathisch und wir haben uns den ganzen Abend blendend unterhalten. Annelise meinte im Nachhinein, dass er total mit mir geflirtet hätte und mich nie aus den Augen ließ. Seitdem haben wir uns aber nie wiedergesehen. „So viel waren es aber jetzt auch wieder nicht!" meuterte Herbert. „Ich muss aber immer mal wieder an ihn denken und frage mich, was gewesen wäre, wenn ich mehr Interesse gezeigt hätte. Denn ganz ehrlich: Meinst du so ein attraktiver Mann meint es ehrlich? Vielleicht ist es ein Vorurteil, aber ich habe bisher kein Pärchen kennengelernt, welches glücklich war, wenn der Mann besonders gut aussah. Der Mann war immer Macho, Betrüger,

Egoist oder…". Herbert musste lachen, er hatte die Story schon viele Male gehört.

Die Maifeiertage waren vorbei. In Hamburg und Berlin hatte die Polizei mit Randalen zu kämpfen. Ein ZDF-Team der heute-show wurde von Extremisten angegriffen und verletzt. Kitzingens neuer Oberbürgermeister teilt in einer Presseerklärung mit, dass sich ab Montag, 4. Mai, der Betrieb im Kitzinger Rathaus ändert, während alle Kultureinrichtungen, Schwimmbäder, VHS, Stadtbücherei, Stadtmuseum etc. weiterhin geschlossen bleiben. Alle notwendigen Bürger-Angelegenheiten können mit vorheriger Terminvereinbarung in den Verwaltungsgebäuden erledigt werden, auch wenn diese weiterhin für den uneingeschränkten Publikumsverkehr geschlossen bleiben.

Scheiß Lockdown denkt Hatterer auf den Weg ins Präsidium. Der Dienst beim Trachtenverein in der letzten Woche war auch nicht so prickelnd gewesen. Er ist jetzt froh, wieder die Arbeit am Fall Fred Dürnberger aufnehmen zu können.

„Moin zusammen, gibt`s was Neues. „Nix!", sagte Marlene Rupisch trocken. Hatterer erklärte den beiden Frauen, dass er zu seinem old time Favorit, in Sachen Hinweise, Tschorschi Braun und seiner Felicitas fahren werde. „Vielleicht hat er ja einen Tipp für uns!". In einer kurzen Anwandlung an Bockigkeit untersagte dann seine Chefin die Befragung zum jetzigen Zeitpunkt. „Wir haben wichtigeres zu tun! Mathilda du checkst mal die ganzen Drogenfunde der vergangenen vier Monate, die bei uns in der Dienststelle aufgenommen wurden, und die noch in der Asservatenkammer gelagert sind. Peter Seltermann kann dir ja dabei helfen. Hatterer du machst unseren Abschlussbericht der Verkehrsüberwachung fertig. Streng dich an. Es sollte schon etwas detailgetreu sein, damit die Jungs von den Streifenhörnchen zufrieden sind." „Und was machst du?" fragte Hatterer vorwurfsvoll. „Dass, lass mal meine Sorge sein!" Sie zog ihre neue Strickjacke über und verschwand.

„Herr Seltermann!" rief Mathilda als sie die Kellertreppe herunterkam um zur Asservatenkammer zu gelangen. Es roch komisch süßlich, ihr erster Gedanke war das Seltermann einen Joint raucht. Die Toilettenspülung ging, die WC-Tür ging auf und Peter Seltermann sah sie mit glasigen Augen an. „Was gibt's?" Mathilda musste lachen und deutete auf den offenen Reißverschluss von Seltermanns Diensthose. „Oh, Sorry!" sagte er im Hochziehen.

„Also, ich soll mit Ihnen die Drogeneingänge der letzten vier Monate durchgehen, evtl. vergleichen und prüfen was gelagert ist!", „Na Bravo!", entfuhr es ihm. „Im Vertrauen, ich gleb du bist eine verständnisvolle junge, hübsche Frau!" Mathilda schmunzelte, „ja schon, kommen sie auf den Punkt!" Seltermann schnaufte tief durch und schaute Mathilda mit seinen glasigen, etwas sorgenvollen Augen an. „Ich wess jetzt nicht wie ich anfangen soll. Ich hab ja immer diese Rückenschmerzen und kein Arzt konnte mir bisher helfen. Dann bekam ich einen Tipp von einem Heilpraktiker, der in der Siedlung sei Praxis hat, der meinte, ich solle es mal mit Gras oder Shit probieren. Was soll ich saach, es hilft. Nur fehlt halt jetzt immer was bei dem sichergestellten Zeuch. Wenn du jetzt eine Revision machst, könnte des ja dann auffallen. Das andere Gelump hab ich nicht angerührt. Ich schwöre." Mathilda war sprachlos. „Ich habe ein System entwickelt mit dem ich den Schwund ausgleichen kann." „Eigentlich sind sie doch ein Sportsmann, wie kann das sein, dass sie dann Gras rauchen! Wie gleichen sie den Schwund aus?" Seltermann schaute verschmitzt aus seinen glasigen Augen Mathilda an. Sie merkte jetzt nicht zum ersten Mal, dass ihn eine gewisse Aura von Bauernschläue umgibt. „Ä weng viel Fragen auf einmal. Ich rauch doch des Zeuch ganz selten. In der Regel backe ich Cookies davon, also so Plätzli halt, mit Schokostückli drin. Willst mal eins probieren? Das fehlende Gras nehme ich dann aus meiner Plantage und fülle damit auf. Ich bin draufkommen, als bei mir im Garten das Vogelfutter aufgegangen ist, da war auch Hanf dabei. Halt Hanf ohne THC, des trockne ich und misch es unter das richtige Gras. Bei Hasch ist es etwas aufwendiger." Er lachte und Mathilda biss in den Schokocookie. Es wurde dann ein lustiger Nachmittag für die Beiden im Keller. Mathilda versprach, dass sie den etwaigen

Schwund nicht melden würde. Zur Voraussetzung machte sie, dass sie ab und zu ein gehaltvolles Cookie mit Schokostückli bekam.

Die Aufzugtür ging auf. Marlene drückte auf die sechs. Nach kurzer Zeit, ohne weiteren Stopp, kam sie oben direkt im Penthouse Appartement von Jakob Rolinger heraus. Er kam ihr entgegen. Sein muskulöser Oberkörper war nackt und feucht. Die Aussicht von der Wohnung war gigantisch. Marlene konnte die Kirchentürme, den Schwanberg und den Sprungturm des Schwimmbads sehen.

 Anscheinend kam er direkt aus seinem eigenen Fitnessstudio, das er in der feudal eingerichteten 300 Quadratmeter großen, opulenten Wohnung eingebaut hatte. „Lust auf ein bisschen planschen?" Beim Begrüßungskuss streichelte sie ihm über seinen Sixpack. „Komm, zieh dich aus!" Im großen Whirlpool steckte der toxische Mann dann seinen Dicken in die Polizeichefin. Er spürte ihre Leidenschaft und dachte dabei, dass er sie bald soweit hätte.

Einen Tag später zog er sie dann in sein dreckiges Geschäft. Er stellte sie vor die Wahl, entweder sie half ihm oder sie konnte gehen. Marlene Rupisch entschied sich für das erstere. Das Gehirn tut nicht immer, was wir wollen.

Hatterer machte den Bericht für die Kollegen der Verkehrspolizei fertig. „Am bundesweiten Kontrolltag der Aktion „sicher.mobil.leben" sind laut Innenministerium allein in Bayern über 200 Kontrollstellen eingerichtet worden. Unter anderem auch in Kitzingen und Biebelried. Unser Team war zur Unterstützung der Kollegen in Kitzingen im Einsatz. Anbei möchte ich drei besonders gravierende Vorkommnisse schildern. Ein weißer Sprinter musste zum Extra-Check in eine nahegelegene Werkstatt gebracht werden. Er hatte gleich mehrere Mängel, stellte der hinzugezogene Kfz-Sachverständige Ludwig-Mangold Liebenschein fest. Dabei war das Auto laut Papiere erst vor fünf Monaten beim TÜV gewesen. Der Mann aus Rumänien hatte keinen Führerschein dabeigehabt, der des Beifahrers sei gesperrt gewesen. Der Bruder musste aus Nürnberg kommen, um, nach der fälligen Reparatur, weiterzufahren. Ludwig-Mangold Liebenschein hilft der Polizei bereits seit 30 Jahren bei Kontrollen. Die Zusammenarbeit mit ihm möchte ich als sehr gut bezeichnen. Besonders nah ging uns das Schicksal der Schafe in einem alten grünen Lastwagen. Die Tiere, lechzten nach Wasser und streckten ihre Köpfe durch die schmalen Gitter. Am Ende des Wagens, der aus Portugal kam, klebte Mist. Die armen Tiere werden so quer durch Europa gefahren. Wir informierten das Veterinäramt. Vorerst war in Kitzingen für den Fahrer Endstation. Die verstörten Schafe wurden auf eine Weide in der Nähe des früheren Manöverschutzgebietes der US Army, dem NatoGate, bei einem

Schäfer zur vorläufigen Betreuung abgegeben. Immerhin über 50 Tiere. Zudem kontrollierten wir das Wochenendfahrverbot. Das an Sonn- und Feiertagen auf deutschen Straßen in der Zeit von Mitternacht bis 22 Uhr gilt. Als großen Fang möchte ich das sichergestellte Marihuana bezeichnen, dass wir bei diesem Einsatz aufspüren konnten. Über acht Kilogramm Marihuana haben wir in einem Autotransporter gefunden, der mit Sondergenehmigung am Sonntag unterwegs war. Er hatte vier Krankenwagen an Bord, die mit mobilen Beatmungsgeräten ausgestattet waren. Das Rauschgift das in den Geräten versteckt war, wurde in unserer Asservatenkammer in Kitzingen zwischengelagert. Der Kurier war von Hessen nach Nürnberg unterwegs. Bei der anschließend kurzfristig angesetzten Durchsuchung seiner Wohnung, durch die von uns benachrichtigte hessische Polizei, fanden Beamte noch eine geringe Menge an Kokain und Bargeld. Infolge der Durchsuchung von weiteren Wohnungen entdeckten Fahnder außerdem Waffen, noch mehr Drogen und weiteres Geld. Drei Männer im Alter von 23, 24 und 25 Jahren wurden daraufhin festgenommen. Details blieben erst einmal unklar. Bei weiteren Ermittlungen im hessischen Darmstadt wurden bei einem Hintermann etwa fünf Kilogramm Marihuana, ein Kilogramm Amphetamin, Waffen und eine große Menge an Bargeld gefunden. Zwei Luxuslimousinen wurden beschlagnahmt. Zwei Verdächtige wurden dort festgenommen. Eine Verbindung zu unserem Mordfall mit dem Fahrradkurier, konnten wir nicht herstellen.

Die Kollegen aus Hessen haben aber eine weitreichende Zusammenarbeit zugesagt. Es ist nicht auszuschließen, dass die verhafteten Männer, zu einem großen Drogenkartell gehören, das in Nordbayern und Südhessen agiert."

Katastrophenfall Tag 50/Ausgangsbeschränkung Tag 45. Bayerns Ministerpräsident spricht in einer Rede im Fernsehen von Lockerungen in Kitas, Schulen, Gastrogewerbe, Sport, Handel und Gewerbe. Hatterer hört es im Radio auf seinem Lieblingssender Bavaria Blue auf der Heimfahrt.

Auch Großtante Petra ist erleichtert, wobei die Gefahr einer Infizierung mit dem heimtückischen Virus immer noch gegeben ist. Zum Abendessen hat Isabella frisches Pirotes Bolillo gebacken, ein leckeres spanisches Weißbrot, dazu Salat und mit Honig gratinierten Ziegenkäse. „Sehr lecker!" Hatterer hatte den ganzen Tag nichts Richtiges gegessen. Das Verhalten seiner Chefin macht ihm Sorgen. So kurz angebunden kannte er sie nicht. Wahrscheinlich steckt doch ein Mann dahinter. Egal.

„Isabella willst du mitkommen zu einem guten Bekannten, seine Frau ist auch Spanierin!" fragte er seine Angebetete während des Dinners. „Ja gerne, aber du weißt, ich bin keine Spanierin!" „Si, si ich weiß, du bist eine Exil-Venezolanerin. Aber mit Felicitas kannst du wieder einmal richtig spanisch schwätzen." „Sí, estoy feliz de conocer a la mujer y hablar español!" Sie lachte.

Um kurz nach 19 Uhr kamen sie bei Georg Braun im Amselbühl an. Er hat sich schon lange auf seine „Ranch" zurückgezogen und geht nur noch selten „unter die Leute". Seit dem Verdacht und den Hausdurch-suchungen, damals als er noch ein kleiner Junge war. Er wurde stigmatisiert. Sein Vater stand im Verdacht beim Münchner Oktoberfestanschlag 1980 ein Drahtzieher bzw. Mitwisser gewesen zu sein. Dabei war er nur ein harmloser Militaria Händler, der im betrunkenen Zustand einfach zu viel, an den damals noch weit verbreiteten Stammtischen, fantasierte.

Die Vögel zwitscherten, Hatterer glaubt eine Nachtigall zu hören. Hängebauchschwein Sacher kam grunzend angewackelt, seinen Umfang hat der Eber seit dem letzten Besuch von ihm verdoppelt. Tschorschi im Feinripp Unterhemd, Hosenträgern und Gummistiefel kam ihnen schmunzelnd entgegen. „Hallo, wen sieht man denn da mal wieder", er streckte seine kräftigen Pranken zur Begrüßung aus. Isabella zog zurück. „Ich vergesse das immer, des Scheiss Corona". „Ihr könnt eure Masken abnehmen, uns fehlt nix.", sinnierte Tschortschi.

Das Haus hat hohe Decken und in Pastelltöne gehaltene Wände. In einer Ecke im Flur hinten rechts bröckelt der Stuck, eigentlich müsste er ausgebessert werden.

„Darf ich vorstellen? Isabella meine bessere Hälfte!"
Tschorschi strahlte sie an und fing zu singen an:
„Schöne Isabella aus Kastilien, pack deine ganzen Utensilien. Und komm zurück zu mir nach Spanien! Du
weißt doch, nur im schönen Land der Toreros bist du
dein Herzchen und noch mehr los…". Sie mussten alle
drei kräftig lachen. Jetzt wälzte sich auch Felicitas aus
der Küchentür. Gefühlt eine halbe Tonne schwer. Wog
sie doch „nur" 135 kg. "Buenas tardes!" Wie immer war
sie sehr freizügig bekleidet. Den schwarzen Spitzen-
morgenmantel hatte sie vorne nicht richtig zugeknotet.
Ihre großen schweren Brüste lagen mehr frei als sie be-
deckt waren. „Kommt rein in die Gute Stube, wir können ein Bierchen kippen!" Auf dem Sideboard stehen
leere Weinflaschen die darauf warten, in die Recycling-
tonne geworfen zu werden. Auf dem Tisch Kaffeetassen
mit eingetrocknetem Rand auf der Bodenseite. Es roch
nach kaltem Rauch und angebrannter Bratensoße.

Hatterer fing gleich an Tschorschi nach Vitaliy
Shafranskiy zu fragen. Der ehemalige Facility Manager
des Innoparks schaute Hatterer groß an. „Kennst du den
nicht. Der ist doch die rechte Hand von Jakob Rolinger
dem Immobilienhändler. Sozusagen der Mann fürs
Grobe. Er war es doch, der Raschenka Wolf die Hölle
heiß machte, bis sie die Galerie mit Auktionshaus an
Rolinger verkaufte. Der hat dann mit Staatshilfe Wohnungen eingebaut und verdient sich jetzt dumm und tap-
pig. Ganz gefährlicher Typ, der vor nichts

zurückschreckt. Der und Rolinger sind zwei ganz ausgebuffte Gangster, mit denen ich nichts zu tun haben möchte. Eine neue Generation von Verbrechern die vor nichts zurückschrecken. Rolinger pisst zudem mit den ganz großen Tieren." Da hatte Tschorschi wohl ein bisschen übertrieben und die Phantasie ging mit ihm durch.

Die beiden Frauen sprachen jetzt nur spanisch und verstanden sich dabei blendend. Sie lachten und scherzten. „Komm Tschorschi, wir wollen ein paar Schritte gehen. Woher weißt du das alles? Georg Braun lachte ihn an. Er steckte sich eine selbstgedrehte Zigarette an, die etwas süßlich roch. „Ja, der ägyptische Tabak." „Verarsch mich nicht, Senuossi riecht anders, du hast da Shit drin!" Tschorschi lachte und bot Hatterer auch eine Selbstgedrehte an, der aber dankend ablehnte. „Frag mal Benni Laue, der kann dir sicherlich noch mehr erzählen." „Meinst du den Zuhälter aus dem Innopark!" „Der Loddel war der Cousin. Benni ist der Geschäftsführer von der Franconia Autoverwertung. Die Autotransporter, die zurzeit immer durch Kitzingen rollen, sind dir doch bestimmt schon mal aufgefallen. Kann auch sein, dass da Rolinger und Shafranskiy ihre Finger im Spiel haben. Ich weiß es nicht. Du musst behutsam an die Sache herangehen, sonst bekommst du richtig Ärger. Zurzeit gibt's ja wirklich super Dope in der Umgebung und ich erzähle dir sicher kein Geheimnis, dass da Rolinger mitmischt und zwar richtig fett. Ich weiß nicht wie sie es machen, aber in ihrem Umfeld kannst du alles

68

bekommen. Dope, Gras, Koks, Kilies, Legal Highs, halt alles was dein Herz begehrt. Mafia ist das. Drum pass gut auf. Von mir weißt du das nicht. Komm wir trinken jetzt ein Bier zusammen. „Kurze Frage noch. Kennst du Persephone Maier, John Evans und Fred Dürnberger?" Braun schaute Hatterer an und überlegte kurz: „Meinst du den Doper? Kennen ist übertrieben, aber der ist doch bei einem Unfall verstorben. Persi und John kenne ich auch, das sind so Kleindealer, von denen ich auch ab und zu Dope kaufe. Die verticken doch das Dope von Shafranskiy. Zudem hat die Persi was mit dem Ukrainer!" Wenn es dir gelingt, dann schau doch mal im Boxclub vorbei, wo die Russen sich immer gegenseitig aufs Maul hauen!" Shafranskiy hat früher im Boxclub geboxt. Wobei boxen milde ausgedrückt ist, was da im Weißen Saal neben den Deuster-Kellern abgeht." „Wie meinst du das?" Hatterer schaute Schorschi fragend an. „Das lässt sich schlecht beantworten, weil die Teilnehmer einen Teufel tun werden, zu verraten wo und wie gekämpft wird. Es hat schließlich seine Gründe, warum solche Kämpfe verboten sind. Nicht selten sind es Kämpfe auf Leben und Tod. Meistens sehr blutig und der einzige Preis des Gewinners ist, dass er überlebt. Die "Zuschauer" schließen Wetten ab. Dabei fließen oft Unmengen an Geld. Das ist so ähnlich wie bei illegalen Autorennen, nur hört man davon gelegentlich in den Nachrichten, wenn die mit einem Unfall enden. Wenn du nicht in der "Szene" bist, wirst du vermutlich nie mitbekommen, wann und wo so etwas stattfindet. Ich kann nur sagen, sei froh, dass du nicht in der Szene bist. Aber wenn du die Russenfighter anschauen willst, dann musst du es wagen. Es gibt auch Kämpfe in Hamburg, zwischen den Containern, bei denen die Kitzinger Kämpfer teilnehmen. Genau kann ich dir das alles nicht sagen. Ich weiß nur, dass der Eingang zu dem Kellersaal links neben der Auffahrt zur Nordbrücke auf der Kitzinger Seite ist!" Hatterer pfiff durch die Zähne: „Und wer wettet denn da so?" „Das kann ich dir nicht sagen. Skrupellose Leute mit viel Geld halt. Da findest du dubiose Anlageberater, Zuhälter, Drogendealer und ähnliche Peoples." Hatterer kam ins Grübeln.

„Buenas noches!" sagte Isabella zum Abschied. Im Focus gab sie Hatterer einen festen Kuss. "Felicitas ist sehr nett, ich würde sie gerne öfters besuchen wenn du es erlaubst! Ich meine nur wegen deinem Job und so!" "Ach die zwei sind schon okay. Du musst mich nicht fragen wenn du zu ihr hin willst. Ich schaue mich mal nach einem kleinen Auto für dich um!" Sie umarmte ihn, er schrie "Vorsicht ich fahre doch. Scheiß Straße hier". "Ich will dich heiraten", entfuhr es dann plötzlich Isabella. Hatterer hielt mitten auf der Umgehungsstraße an, "echt jetzt!" Autos hupten. Der Wind wurde stärker. Weißdornblüten flogen durch die Luft. Ihr Atem verteilte sich auf seinem Hals. Hatterer wurde es warm ums Herz. Er mußte aber an das denken, was ihm Schorschi erzählt hatte. Isabelle wandte sich leicht verstimmt ab.

Ein bisschen mehr Freude und Enthusiasmus hätte sie schon von Hatterer erwartet.

Rolinger also, dachte dann Hatterer auf der weiteren Heimfahrt nach Kaltensondheim. Eine Schafsherde versperrte für kurze Zeit die Straße an der unteren Kurve, die Durchfahrt in den Ort. Sie hatten schwarze Köpfe und schwarze Lämmer. "Oh sind die süß!", entfuhr es Isabella. Weiter hinten ging die Sonne farbenprächtig unter.

Isabella glühte vor Hitze. Hatterer nickte tapfer, obwohl er sehr blass geworden war. Er fuhr auf einen Parkplatz kurz vor Kaltensondheim. Sie stiegen aus dem Auto, setzten sich auf die Bank und schauten verträumt in den farbenfrohen Himmel des Sonnenuntergangs. Arne legte einen Arm um Isabellas Schulter „Hast du das wirklich ernst gemeint mit der Hochzeit?" Isabella sagte nichts und legte den Zeigefinger ihrer rechten Hand auf seinen Mund. Nach einem kurzen Moment des Innehaltens küsste sie ihn leidenschaftlich. Im Haus brannte noch Licht. Anscheinend hatte es Großtante Petra vergessen auszuschalten. Um diese Zeit schlief sie meistens schon. Entweder auf der Couch oder in ihrem Kingsize Luxusbett der Hotel Kollektion. Durch das Fenster konnte Isabella das goldene Bild von Gustav Klimt sehen. „Der Kuss" ein Kunstdruck in beachtlicher Größe, den Tante Petra aus Köln mitgebracht hatte und jetzt seinen Platz im Flur gefunden hatte. Das Bild zeigt ein Liebespaar in inniger Umarmung. Es ist eines der bedeutendsten Werke von Gustav Klimt und ebenso der Malerei des Jugendstils. Es gilt zudem als das bekannteste Gemälde des Malers und es hängt als Reproduktion in vielen deutschen Schlafzimmern. Sie drückte jetzt Hatterer noch fester an sich.

Er hatte schlecht geschlafen als er um 6 Uhr zu seinem täglichen Mornigwalk aufbrach. Mittlerweile gehört der flotte Marsch durch die Pampa zu seinem täglichen Lebensritual.

Er war fit. Wegen dem gestrigen Abend war er immer noch sehr gut gelaunt. Seine alten Laufschuhe trugen ihn ziemlich flott den alten Betonweg hinauf zur Unterführung der Autobahn A7, dann weiter in Richtung Lost Places und weiteren Hinterlassenschaften der US Army. Er fragte sich, ob durch die frische Morgenluft, seine Erinnerungen intensiviert werden. Er musste an so viele vergangene Sachen gleichzeitig denken.

Die beschlagnahmten Schafe standen am NatoGate immer noch auf der Weide. Ein Stück weiter sollen einmal Pershing Raketen mit Atomsprengköpfen stationiert gewesen sein. Aber so richtig weiß das niemand mehr. Die Amis sind seit 15 Jahren nicht mehr in Kitzingen. In der Hochzeit der Besatzung waren 15 000 GIs in Kitzingen stationiert und am PayDay kamen die Prostituierten aus ganz Süddeutschland in die

Kleinstadt am Main in Unterfranken. Der Wohnungsmarkt boomte, jedes Hinterzimmer war vermietet gewesen.

Das hintere Tor zum Golfplatz war offen. Das wunderte ihn, war es doch immer mit dicken Ketten versperrt. Kein Mensch weit und breit zu sehen. Er wollte links zur ehemaligen Bibliothek der Amis gehen. Von dort durch den Ausgang wieder in Richtung Kaltensondheim und durch den Wald am Esbach zurück marschieren.

Im Schein des Sonnenaufgangs konnte er dann die vielen Autos sehen die auf den Parkplätzen der weitläufigen, ehemaligen Kaserne standen. Es mussten Tausende sein. Sortiert nach Marken und Größen. Er wollte gerade zum Rückweg umkehren, da sah er zwei Männer die sich wild gestikulierend unterhielten.

Er nahm sein Fernglas, das er morgens immer als begeiterter Hobby Ornitologe dabei hatte und erkannte einen der beiden Männer ganz sicher. Es war Peter Rolinger. Sie deuteten auf einen roten Tesla S. Es sah aus als würden beide irgendwie verhandeln oder feilschen. Er schlich sich bis auf Hörweite vorsichtig heran. Dann blieb ihm plötzlich das Herz stehen. Hatterer traute seinen Augen nicht. Aus dem roten Tesla stieg seine Chefin Marlene Rupisch. Eine warme Brise wehte ihr das Haar ums Gesicht und blähte ihre dünne weise Weste auf. Sie sieht reizend aus, empfindet

Hatterer. Trotzdem musste er jetzt erst einmal schlucken. Er sah, dass sie Rolinger einen leidenschaftlichen Kuss gab, dann setzte sie sich an das Steuer des Teslas und fuhr lautlos davon.

Hatterer pirschte sich jetzt, im Schutz der Hartriegelhecken, lautlos noch näher heran. Er konnte nur noch den einen Satz hören. ... "bald habe ich sie soweit, dann muß sie den Tesla wieder rausrücken. Also Benni machs gut. Am Freitag holt Vitaliy die Ware ab."

"Ja, wenn nichts dazwischen kommt. Die Grenzen sollen ja wieder für Speditionen geöffnet werden. Anträge habe ich bereits gestellt und auch bewilligt bekommen. Denen geht doch ordentlich der Stift und die Lobby der Automobilindustrie macht gewaltig Druck und alles was dazu gehört hat im Moment ziemlich freie Fahrt. Es wären 20 000 Kilies und ein Zentner Dope, feinster Libanese. Bis Freitag."

Eine Harley plubberte und Benni lief hinunter zu seiner großzügigen Wohnungsanlage, die er von seinem Cousin Freddy geerbt hatte.

Hatterer war total nervös und nicht mehr fähig weiter zu gehen. Es war zu ungeheuerlich was er da gerade gehört und gesehen hatte. Der Aufzug seiner Chefin hat ihn am meisten geschockt. Sie hatte einen transparenten Body Overall über ihre drallen Kurven gezogen, der nur an den Brüsten, im Schambereich und auf dem Po von roten Rosen dekoriert war. Zweifellos sehr sexy, im Zusammenspiel mit den roten Overknees. Wäre da nicht das weisse Strickwestchen gewesen, wäre sie auch als Gewerbsmäßige durchgegangen. Das musste Hatterer schon einräumen. Erschrocken über seine Tollkühnheit bestellte er sich ein Taxi. Er ließ sich zuerst zu einem Bäcker fahren, kaufte frische Brötchen und dann ging es zurück nach Kaltensondheim. Der Fahrer, dem Aussehen nach, arabischer Herkunft, sprach während der ganzen Fahrt kein Wort. Wahrscheinlich konnte er kein Wort deutsch. Hatterer grübelte und versuchte einzuordnen was er vor wenigen Minuten gesehen hatte. Marlene Rupisch, seine Kollegin und Chefin ließ sich augenscheinlich von einem der größten Drogendealer der Umgebung vögeln. "Salam aleikum!" „aleikum asalam!"

"Das ist ja so, als wenn Harry Weinstein Frauen-Beauftragter ist!" Mathilda war schon klar in was für einer beschissenen Situation sie sich jetzt gerade befanden.

"Hätte ich dich nicht einweihen sollen?" "Du hast alles richtig gemacht, wir rocken das zusammen! Pass auf. Ich glaube sie kommt."

Die Chefin sah etwas müde aus, was ihre zwei Mitarbeiter/innen nicht weiter verwunderte.

"Sind die beschlagnamten Drogen vom Wochenende noch in der Aservatenkammer bei uns oder sind sie schon beim Zoll?" "Was für Drogen?" Mathilda schaute Hatterer kurz fragend an und sagte dann, dass die Drogen in einem Umzugskarton noch im Keller lagern. „Ein gesicherter Transporter bringt den dann in die Müllverbrennungsanlage nach Würzburg. Dort werden sie direkt ins Feuer geworfen. Manchmal ist ein Staatsanwalt dabei. Das muss natürlich geheim geschehen. Da fährt wie immer kein Konvoi mit. Allerdings wird der Lkw verdeckt von uns überwacht werden!" Rupisch fragte dann scheinheilig in die Runde: „Wieso wird der Stoff nicht für therapeutische Nutzung bereitgestellt? Das wäre doch das einfachste."

Mathilde zuckte mit den Schultern, dumme Frage. Sie dachte an Seltermanns Cookies und erklärte, dass an so eine Nutzung wahrscheinlich strenge Kriterien geknüpft sind. „Unter anderem habe sie einmal gehört, dass man den Ursprung und die Gattung der Pflanze kennen muss. Meistens weiß man gar nichts über die Herkunft, Anbauregion oder -art. Ohne diese Informationen darf das nie in den legalen Handel geraten. Der THC-Gehalt wird analysiert. Wirkstoffgehalte von zehn bis 16 Prozent wurden bei dem großen Fund festgestellt. Der durchschnittliche THC-Gehalt für 2019 lag bei zwölf Prozent. Das ist eine gute bis sehr gute Qualität. Wenn jemand heute mit Rauschgift erwischt wird, liegt dem Urteil der reine Wirkstoffgehalt zugrunde. Am

Wirkstoffgehalt errechnet sich, wie weit der Grenzwert überschritten wurde. Bei einem unserer Fälle wurde die sogenannte nicht geringe Menge hundertfach überschritten."

„Mhm, danke für die Ausführung, sie sind ja eine richtige Expertin. Wann geht der Transport nach Würzburg, haben wir da schon einen Termin, wird dann nur der Stoff verbrannt oder auch andere sichergestellte Objekte?"

„Es werden in erster Linie auch die beschlagnahmten Zigaretten des Zolls verbrannt. Die zurzeit eingelagerten Drogen wie die 20 kg Marihuana, das Kokain und ein Kilo Amphetamin kommen von uns. Ich glaube der Transport ist für den Montag nach dem Muttertag terminiert." „Um wieviel Uhr fährt der Transport ab?" Hatterer platzte fast der Kragen und er erklärte, dass sie, Rupisch, bei Peter Seltermann, dem Leiter der Asservatenkammer nachfragen sollte. „Oder ruf doch dirkt beim Drogendezernat in Würzburg an!"

Rupisch ging zur Tür hinaus, die beiden hörten, dass sie die Treppe hinunterrannte. Hatterer drehte das Radio lauter. Gianna Nannini - I Maschi . I maschi innamorati dentro ai bar Ci chiamano dai muri di città Dalle vetrine, dietro ai juke box Ogni carezza della notte è quasi amor…

Rupisch ging nicht, wie von den beiden vermutet, in den Asservatenkeller. Sie hatte ihr Smartphone im roten Tesla vergessen. Dort wählte sie die Nummer von Rolinger und gab durch was sie wusste. Sie war nach wenigen Tagen auf die dunkle Seite gewechselt.

Mathilda schaute durchs Fenster. Ein bisschen Neid schwingt in ihren Gesichtszügen mit als Rupisch zu ihr hochsah. Schickes Auto! dachte sie. Prompt dann die sich vorwurfsvoll anhörende Frage: „New Car?"

Rupisch ausweichend: „Noch nicht so ganz, ich bin noch am Testen!" Dann verbesserte sie sich stockend, sie hätte das Auto nur zu einem vorläufigen Test. Sie wusste, dass sie ab jetzt noch vorsichtiger sein musste. Sie wollte nicht ihr vermeintliches Liebesglück vor der gesamten Belegschaft ausbreiten.

Selbstverständlich hatte sie Rolinger mittlerweile im Polizeicomputer abgescannt. Sie fand nichts. Keinen Eintrag, nicht einmal einen für zu schnelles Fahren. Sie interessierte komischerweise nur, ob er ein Heiratsschwindler oder etwas Ähnliches sei. Trotzdem war ihr klar, auf was sie sich eingelassen hatte. Aber das Verlangen nach Zärtlichkeit und die Sehnsucht nach Liebe waren stärker. Sie war wirklich so naiv zu glauben, dass es sich mit dem Überfall auf den Drogentransport für sie als Maulwurf erledigt hätte. Was sich als großer Trugschluss herausstellen sollte.

Im Autoradio hört Hatterer das Markus Söder die Ausgangsbeschränkungen schrittweise in Kontaktbeschränkungen umändern will. Ein Verbot von großen Ansammlungen von Menschen bleibt bestehen. Die Maskenpflicht im öffentlichen Nahverkehr und beim Einkaufen bleibt ebenfalls bestehen. Jetzt ist es für eine Kontaktperson erlaubt, jemanden in einem Krankenhaus oder Pflegeheim zu besuchen. Bei diesen Besuchen gilt die Maskenpflicht. Es dürfen alle Geschäfte wieder öffnen. Dies gilt auch für Einkaufszentren. Kontaktloser Einzelsport wie Tennis und Golf ist auch wieder zugelassen. Freizeiteinrichtungen wie Museen, Zoos oder Fahrschulen dürfen wieder öffnen. Fitnessstudios und Sportstätten bleiben bis auf weiteres geschlossen. Auch die Amateurfußballer müssen sich weiter gedulden. Biergärten dürfen wieder öffnen. Hatterer muss schmunzeln: „Schlecht gewählter Zeitpunkt wegen den kommenden Eisheiligen!".

In einer Woche darf der Innenbereich von Speiselokalen unter strengen Auflagen geöffnet werden. Eine Woche später dann Hotels. Bis Pfingsten sollen die Hälfte aller Kinder in Schulen, Kindertagesstätten und Kindergärten wieder ihre Einrichtungen besuchen. Ab sofort dürfen Viertklässler und alle Schüler, die 2021 einen Abschluss machen, wieder in die Schule. Nächste Woche beginnt der Blockunterricht für fünfte und sechste Klassen. Dabei werden die Jahrgangsstufen wochenweise im Wechsel unterrichtet. Eine Woche später sollen die anderen

Jahrgangsstufen folgen. Im Unterricht gilt keine Maskenpflicht, auf den Gängen und im Pausenhof schon. Die Bundesliga darf wieder spielen. Der Sprecher muss sich räuspern. Am Tierheim muss Hatterer hinter zwei nebeneinander fahrenden Rennradfahrern hinterherzuckeln. Gegenverkehr. Er denkt an Fred Dürnberger. War es doch ein Unfall? Im Radio läuft Hurt von Johnny Cash.

Mathilda, die neben ihrem Polizistenjob auch eine hervorragende Fotografin ist, sucht sich auf dem Flakberg einen guten Platz um den aufsteigenden „Supermond" zu fotografieren. Sie hat das Vierhunderter aufgesetzt und ihr gelingen tolle Bilder. Später lädt sie ausgewählte Pics im Internet in einer Fotocommunity hoch.

Marlene genießt den Abend bei ihrem Geliebten. Diesmal ohne Rosen-Body-Overall und Overknees. Nach zwei Gläsern Chambus und dem ersten Orgasmus erzählt sie Jakob Rolinger weitere Details vom geplanten Drogentransport in die Müllverbrennungsanlage von Würzburg. Er spitzt die Ohren, schenkt nochmal Champagner nach. Just do it. Die sexuellen Optionen sind als guter Freund grenzenlos und Marlene genießt es.

Der Wecker klingelt. Hatterer riecht den Lavendelduft der frisch bezogenen Bettwäsche. Er dreht sich nochmal um und will noch ein wenig weiterdösen. Die Tür geht auf. Er hatte noch gar nicht bemerkt das Isabella nicht mehr im Bett neben ihm lag. Sie war nackt, ihre Haare waren noch nass. Sie kuschelte sich unter seine warme Decke.

Nach einem kleinen Frühstück und kurzem Blick in eine immer dünner werdende Zeitung, spielte er mit seinem dreijährigen Söhnchen Delcy noch ein bisschen im Garten.

Am Gartenzaun pflanzte Nachbarin Renate Schlereth eine Weigele Alexandra in eine halbschattige Ecke ihres weitläufigen Gartengrundstücks ein. Als sie Hatterer mit dem kleinen Delcy im Garten beim herumtollen sah, rief sie hinüber. Sie wollte Hatterer endlich das sagen was sie gesehen hatte. Doch auch diesmal klappte es nicht. Hatterer ignorierte sie.

Im Autoradio dann die Meldung: „Die SG Dynamo Dresden hat ihr komplettes Zweitliga-Team nach zwei neuen positiven Corona-Tests im Spielerkader in eine zweiwöchige Quarantäne geschickt. Damit fällt auch der für übernächsten Sonntag angekündigte Re-Start bei Hannover 96 aus."

Unterdessen saßen vier Männer auf einer Terrasse eines etwas in die Jahre gekommenen Bungalows, am Dorfende von Dürrnbuch im Steigerwald, in der Sonne. Es war ein toxischer Haufen. Jakob Rolinger, hatte eine Tüte frischer Croissants der Bäckerei Müller aus

Geiselwind mitgebracht. Vitaliy Shafranskiy kam mit frisch gekochtem Kaffee. Dimitri Pronchenko und Vadim Balakin lauschten dem Plan vom Drogentransport von Kitzingen nach Würzburg. Sie sollen ihn stoppen und die Drogen kidnappen. Balakin war skeptisch wie es funktionieren kann. Er stellte seine Kaffeetasse klirrend auf die Untertasse. Bevor er vor ein paar Monaten nach Deutschland kam, kämpfte er auf der Separatistenseite in der Lugansker Volksrepublik im Donbass. Von Haus aus ein pessimistisch eingestellter Mensch und äußerst aggressiv. Eigentlich wollte er ordentlich Geld bei den Boxkämpfen im Weißen Saal verdienen, aber die waren bis auf weiteres, aus Angst vor dem Corona-Virus, abgesagt.

„Es muss vor allem schnell gehen. Ich habe mir gedacht wir nehmen den Discovery. Zwei von euch postieren sich am Eingang Gattinger Straße, einer wartet im angrenzenden Wertstoffhof mit dem Discovery. Ich warte am Parkplatz vor Rottendorf und gebe euch das Zeichen, wenn das Auto vorbeikommt. Es wird kein Dienstfahrzeug sein. Irgendeine Privatschleuder. Ich werde es von Rupisch herausbekommen, was es für ein Auto sein wird. Wenn ihr den Stoff habt, dann rennt ihr zum SUV und fahrt mit ihm durch die Böschung auf die B8, gleich nächste Ausfahrt Richtung Rottendorf raus. Ich warte auf dem Parkplatz des Wällrieder Hofes. Dort steigt ihr um und den SUV lassen wir in einer Garage stehen. Alexander Semenov, ein Bekannter des

Hausmeisters Viktor Samoilov, bringt ihn dann am nächsten Tag nach Dürrnbuch zurück. Beide stammen aus Charkiw und kennen sich seit Jahren. Aber wie gesagt, ich muss sicher sein, dass alles stimmt was sie mir bisher gesagt hat. „Du machst das schon, nimm sie richtig her. Sie muss quieken, dann erzählt sie dir alles!" prahlte Dimitri Pronchenko und machte eine abfällige Bewegung mit beiden Händen. „Lass das mal meine Sorge sein Dimitri. Sie ist gut im Bett und es macht Spaß mit ihr. Irgendwie mag ich sie ja auch. Für den Fluchtweg habe ich mir gedacht, dass wir in Rottendorf über Rothof, Euerfeld und Dettelbach Bahnhof auf einem Betonweg zu der Serviceauffahrt auf die A7 fahren und nach dem Biebelrieder Kreuz Richtung Nürnberg bis zur Ausfahrt Geiselwind düsen. Von dort dann wieder hierher zurück." Dann schwafelte Vitaly Shafranskiy über SUVs und Frauen: „Ukrainischer Mann kann nicht verstehen!" „Was kannst du nicht verstehen, fragte Rolinger?" Schmunzelt stellte er fest: „Die meisten SUVs werden bei ihren Fahrerinnen niemals echtes Gelände unter die Reifen bekommen. Maximale Herausforderungen sind der Bordstein vor dem Kindergarten oder die Zufahrt zum Discounter-Frauenparkplatz." Der Rest der Truppe lachte. Rolinger packte die Landkarte ein. Im Frühstücksfernsehen dann die Meldung, dass die Brauereien und Getränkeabfüller an die Verbraucher appellieren ihr Leergut zurückzugeben. Pronchenko setzte sein apokalyptisches Gesicht auf. Er fischte mit dem Fingernagel des Zeigefingers ein Stückchen Salami aus einer vorderen Zahnlücke. „Dann werde ich wohl heute mal Käste wegfahre! Jeden Tag eine gute Tat." Wieder Gelächter in der Runde. Beiläufig sagte Rolinger dann zu Vitaliy Shafranskiy das die Ermittlungen wegen Dürnberger eingestellt wurden. Marlene hat das geregelt. „Wieso hat Idiot auch sein Kragen nicht gekriegt voll! Ich wollte ihn nicht totfahren nur ein bisschen schubsen an wie du gesagt! Nur Warnung. Er unglücklich gestürzt!" Rolinger legte seine rechte Hand auf Shafranskiys Schulter und sagte etwas scheinheilig, dass es schon gut sei und er keine Schuld am Tod von Dürnberger hätte. „Der Typ war doch sowieso schon am Ende! Mach dir keinen Kopf!"

„Isabella Rodríguez richtig?" Isabella nickte „Sie wollen also bei uns arbeiten!" Die Bäuerin schaute Isabella fast ein bisschen zu misstrauisch an. „Ja, ich habe das Schild vorne gelesen, dass sie Erntehelfer für Spargel und Erdbeeren suchen!" „Das ist richtig, später dann noch Kirschen, Äpfel, Himbeeren, Brombeeren und Heidelbeeren. Wir können es ja mal auf 450-Euro-Basis probieren. Das wären 40 Stunden im Monat, also im Schnitt 10 Stunden in einer Woche. Aber ziehen sie sich dann bitte etwas anderes an, mit dem tiefen Ausschnitt machen sie mir die ganze Mannschaft närrisch. Sie wohnen vorne beim Kriminaler?" Isabella nickte und sagte dann, dass sie die Verlobte von Hatterer sei. „So die Frau Verlobte, das ist aber eine Überraschung. Ist denn der nicht mehr mit der anderen Polizistin verheiratet!"

Die pure Neugierde sprang Pauline Meyer aus den Augen. „Nein, sie sind seit einem Jahr geschieden. Wann und wo soll ich anfangen?" "Gehn´s, ich ruf sie an! Wiedersehen, die Arbeit ruft!"

Mamertus, der erste der Eisheiligen meldet sich mit Sturm und Regen. Die Natur freut sich. Hatterer wird trotz Schirm, der sich immer wieder umstülpt, Regenjacke und Mütze, auf dem Weg vom Parkplatz zur Dienststelle ziemlich nass.

Marlene Rubisch ist noch nicht da, Mathilda hat sich krankgemeldet. Auf seinem Schreibtisch liegt eine Nachricht, dass er am nächsten Samstag für eine sogenannte Hygiene Demo auf dem Kitzinger Marktplatz, zur Beobachtung eingeteilt ist. Für den Tag hatte er sich aber freigenommen. Er ging zur Tür, eiskalte Luft schlug ihm entgegen. Er wollte zu Lothar Müller, dem Leiter der Schutzpolizei. Peter Seltermann meinte, dass Müller wohl heute nicht mehr kommen würde, da er zu einer Gin Verkostung eines Startups eingeladen wurde. „Du kennst doch die alte Schnapsdrossel!", lachte der Stellvertreter bei den Streifenhörnchen. „Scheiße, richte ihm aus, dass ich am Samstag nicht zu dieser bescheuerten Verschwörungsdemonstration der Aluhütchenträger kommen kann." „Richte ich aus. Sonst noch was?" „Ja, weil ich gerade hier bin, wann ist die Überführung des beschlagnahmten Rauschgiftes? Wieviel und was für welches ist es genau?" „Ich glaube Mitte nächster

Woche. Es ist noch nicht freigegeben. Du bist heute Morgen schon der Zweite der das wissen will! Also es sind genau drei Kilogramm Kokain, zwanzig Kilogramm Gras und noch einiges mehr, vor allem Kippen. Ich hab's jetzt auch nicht so genau im Kopf. Dazu kommt noch das Zeug aus Bamberg, die können dort im Moment nichts entsorgen." Im Geiste rechnet er 150 Gramm Gras ab. Er hatte es bereits abgezweigt für die nächste Ladung Cookies. Mittlerweile muss er ja für zwei backen. Mathilda ist auf den Geschmack gekommen. Seine Rückenschmerzen sind auch schon besser geworden. Vielleicht bildet er sich das aber auch nur ein.

Hatterer stutzte, stellte sich quer in die Türe und fragte wer denn noch so neugierig war. „Na deine Chefin, sie hat ausdrücklich darum gebeten ihr genau mitzuteilen wann der Transport abgeht!" „So, so hat sie das? Ja dann danke und einen schönen Tag noch." „Dto.!"

Hatterer dreht die Heizung höher. Die Türe geht auf und Marlene Rupisch kommt herein. Ein kurzes Hallo, dann nimmt sie auch schon ihren Platz am PC ein.

„Sag mal was ist eigentlich los mit dir, du sagst nichts mehr. In den letzten Tagen weiß ich nicht wie ich bei dir dran bin und wie es mit den Ermittlungen weiter gehen soll." Sie schaute ihn nicht an als sie sagte, dass der Fall mit dem Motorradfahrer abgeschlossen sei. „Na toll, wann hast du das denn entschieden?"

„Staatsanwalt Yves Söder hat das entschieden und jetzt lass mich meine Arbeit machen. Du kannst derweil einen Hygieneplan für unsere Dienststelle machen. Polizeichefin Susanna Porzuck hat das angefordert. Wenn du ein Problem damit hast, dass eine Frau jetzt deine Chefin ist, sag's einfach. Wir finden dann sicherlich eine Lösung!" Das neue Selbstbewusstsein von ihr irritierte Hatterer. Er spürte wie er unruhig wurde. Der Regen trommelte an die Scheiben. Das Telefon geht. Es ist Mathilda die mitteilt, dass sie morgen wieder dienstfähig ist. Rupisch nimmt es ohne Kommentar zur Kenntnis.

Hatterer machte sich in der neusten Dienstanweisung schlau was zu machen sei.

Auf einem Zettel schrieb er Notizen was sie alles brauchten. Desinfektionsmittel, Masken, Abstandklebepunkte, Bänder und vor allem mehr Platz im Büro.

„Ich gehe mal zum Kollegen Seltermann um alles was wir brauchen mit ihm durchzusprechen und zu bestellen. Vielleicht hat er ja auch was vorrätig in der Asservatenkammer, bei ihm weiß man ja nie."

Bei dem Wort Asservatenkammer zuckte Rupisch ein klein wenig zusammen. Jedenfalls kam es Hatterer so vor. Ihm fiel auch auf, wie modisch chic, sie wieder gekleidet war. Sie trug ein messingfarbenes, kniefreies Crêpe Jersey-Kleid aus reiner Bio-Baumwolle mit kontrastierendem Allover Print, oben betont schmal, nach unten weit, dazu eine schwarze Merino Wollweste. Um den Hals trug sie eine Kette aus Gold mit vier großen Perlen, passende Ohrringe, zwei goldene Ringe, den einen ganz trendy am rechten Daumen und auch das dezente Armkettchen passte sehr gut dazu. Marlene hielt sich streng an die Regel im Büro, nie mehr als fünf Schmuckstücke zu tragen.

Hatterer ging wortlos zur Tür und lehnte diese nur an. Dann ging er ziemlich laut die Treppe hinunter, um ganz leise wieder nach oben zu kommen, um an der Türe zu lauschen.

„Ja, ich bin gerade allein! - Wann der Transport geht, weiß ich noch nicht so genau. Nicht vor nächster Woche. - Ja, die Kleine ist krank und Hatterer habe ich einen Einlauf verpasst. So schnell mischt der sich nicht mehr ein. Die Ermittlungen wegen Dürnberger wurden ebenfalls eingestellt, das weißt du ja schon. Bussi Chéri. Ich freue mich auf heute Abend." Er hatte genug gehört. Jetzt war er sich hundertprozentig sicher, dass seine Chefin übergelaufen ist. Er ging leise hinunter zu Seltermann, der gerade eine Anzeige aufnahm. Es ging um überstehendes Gehölz in zwei Gärten. Der typische Nachbarschaftswahnsinn halt.

„Hier lege ich dir hier meine Bestellung für die Sachen zu den neuen Hygienemaßnahmen hin!" „Ist schon recht Arne!"

Als er wieder ins Büro kam, sagte Marlene zu ihm, dass er sich bei der Dienstaufsicht melden solle. „Telefonnummer habe ich dir hingelegt. Jetzt gehe ich zu Tisch!"

Bei der Dienstaufsicht erfuhr dann Hatterer, dass er zu einem Gespräch nach Würzburg kommen soll.

Am Abend vergnügten sich Marlene Rupisch und Jakob Rolinger wieder im Whirlpool. Während Hatterer sich in seinem Bett von einer Seite auf die andere drehte, schlecht einschlief und von fliegenden Wurstbrötchen träumte.

Nach einer Fahrt auf leeren Straßen am nächsten Morgen, kam er im menschenleeren Würzburg an. Mit einem etwas mulmigen Gefühl, was sich später als richtig herausstellen sollte, betrat Hatterer am Morgen, das neue, umgebaute Präsidium in Würzburg. Er hatte noch nie etwas mit den Kollegen von der Dienstaufsicht zu tun. Am Infostand bekam er den Weg erklärt der ihn zur Dienststelle leiten sollte. Er hatte noch etwas Zeit und schlenderte auf den langen Fluren, ohne zu wissen um was es sich bei der Anhörung handeln könnte, dahin.

„Grüß Gott Kollege Hatterer, sie wundern sich sicherlich wieso wir sie zu uns bestellt haben!" „In der Tat, es wundert mich schon sehr. Ich wüsste nicht was ich falsch gemacht hätte!"

Der Beamte, ein wohlbeleibter Mann im mittleren Alter, der es wohl versäumt hatte regelmäßig am Sportangebot der Polizei teilzunehmen, stellte sich mit Egon Maderer vor. Er schilderte Hatterer, dass sie ihn durchgescannt hätten und nur positives über ihn entdeckt und erfahren haben. Besonders ehemalige Kollegen haben sich sehr wohlwollend über ihn geäußert. Umso mehr wunderte sich jetzt die Dienstaufsicht, dass von seiner Vorgesetzten Marlene Rupisch eine Nachricht bei ihnen eintraf, dass er, Hatterer sie sexuell berührt hätte. Er hätte ihr auf den Hintern geklopft. „Was sagen sie dazu Kollege Hatterer?" Arne Hatterer sperrte den Mund auf und stotterte heraus, dass es ihn sehr verwundert, dass seine Chefin so etwas behauptet. „Unglaublich, ist die jetzt total durchgedreht! Ich habe mir nichts zu Schulden kommen lassen. Vor allem jetzt in der Corona-Zeit habe ich immer die nötige Distanz eingehalten. Ich kann mir denken warum Marlene Rupisch das behauptet!" „Sprechen sie ruhig weiter, wir sind unter uns, tun sie sich keinen Zwang an." „Lieber Kollege Maderer, ich sage dazu erst mal gar nichts. Nur, ich habe sie nicht

90

angefasst! Es steht Aussage gegen Aussage. Jetzt liegt es bei Ihnen was sie glauben!" Maderer verzog den Mund. Hatterer betrachtete dessen unglaublich fleischige Finger die er um ein Glas mit Wasser gelegt hatte. Er nahm einen Schluck, dann fingerte er an seinem Krawattenknoten. Es dauerte eine Weile ehe der erlösende Satz über seine dünnen Lippen kam. „Aber warum macht sie das?"

Hatterer bedankte sich und erklärte, wenn er die nötigen Beweise für den Grund der Anschuldigungen beisammenhätte, sie zu gegebener Zeit offen darlegen würde.

Auf dem Weg nach unten traf er im Aufzug die Polizeichefin Susanna Porzuck, mit der Hatterer seit seiner Aufklärung im Serienmordfall des Frauenmörders Volkow eine sehr gute dienstliche Beziehung pflegt. „Ich hab's schon gehört Hatterer, sehr unappetitliche Geschichte! Was ist los bei euch da draußen! Muss ich mir Sorgen machen?" Der Aufzug kam im obersten Stockwerk an. Susanne Porzuck stellte sich zwischen die Tür und schaute Hatterer in die Augen. Seine Chefin wollte schon lange ihrem Leben neue Träume zurückgeben. Sie machte aus ihrem Ehemann ihren Ex-Mann. Sie wurde befördert und das Hamsterrad drehte sich immer weiter für sie.

Bei dem durchdringenden Blick kam Hatterer ins Stottern: "Mit Verlaub, ich kann noch nichts sagen. Aber irgendwas ist im Busch!" „Halten sie mich bitte auf dem Laufenden, sie wissen, dass ich sie als Polizist und auch als Mensch sehr schätze. Wie meinen sie das mit etwas im Busch?" Beim Aussteigen aus dem Aufzug wiederholte sich Hatterer und sagte das er einen Verdacht habe, dass seine Chefin, unter anderem in etwas hineingeraten sein könnte, dessen Folgen er noch nicht absehen konnte. Susanna Porzuck rief ihm nach, dass er verpflichtet sei, so etwas zu melden. Das konnte aber Hatterer nicht mehr hören, er war schon durch die Drehtür noch draußen gehuscht und atmete tief durch. „Verdammte Scheiße!", dachte er.

Er nahm sich Zeit, schlenderte gemütlich durch die Neubaustraße, vorbei an der gleichnamigen Kirche und ging gemütlich durch den Hofgarten der Würzburger Residenz zu seinem Auto, dass er in der Phillipp-Schrepfer-Allee geparkt hatte. Ein kräftiger Wind blies am dritten Tag der Eisheiligen durch die, durch den Lockdown ziemlich verwaisten Straßen. Es schneite Kirschblüten. Die Sonne kam heraus. Servatius war nicht so kalt wie Pankratius am Vortag, der dafür gesorgt hat, dass viele Winzer nicht so gerne an diesen Tag zurückdenken werden. Vor allem im Steigerwald und im Saaletal, aber auch in Sulzfeld und bei Hatterers Freund Fredo, sind viele Reben in den Weinbergen in der Nacht erfroren. In Mainstockheim hat ein Winzer hunderte Paraffinkerzen in seinen Wengert gestellt und so dort das schlimmste verhindern können. Bei der Rückfahrt nach

Kitzingen kam er ins Grübeln. Er stellte das Auto ab und schaltete das Autoradio aus. Er überlegte, wie er sich in der nahen Zukunft Marlene gegenüber verhalten sollte. Als er durch die Dienststelle läuft, steht an der Anmeldung ein komisch wirkender Mann. Es war ein sogenannter „Flacherdler" der eine Anzeige gegen einen Verlag aufgeben wollte, der Globen herstellt. Zudem erzählte er wirres Zeug über Aldebaraner, dem Dalai-Lama und Völkern die im Erdkern lebten. Rudi Weingart, fragte Hatterer: "Nach Hause oder Klinik!" „Schick ihn wieder nach Hause. Ist Admiral Benbow wieder fit?" Ohne auf eine Antwort zu warten ging er weiter, hinauf in sein Büro. „QAnon, wird euch einholen. Ihr dreckigen Ignoranten" schrie der Typ beim Hinausgehen.

Marlene Rupisch hatte sich krankgemeldet. Mathilda saß am PC. „Ich muss mit dir reden!", sagte Hatterer erregt.

Aus einem alten abgefuckten SUV steigen zur gleichen Zeit, nahe in der aufgegebenen Gastwirtschaft zur „Heiligen Gans" in Hundsbach nahe Eußenhausen im Werntal, vier Männer aus. Dunkle Gestalten mit Basecaps auf den glattrasierten Köpfen und schwarzen Kapuzenpullis über den breiten Schultern. Dimitri Pronchenko, Vadim Balakin, Vitaliy Shafranskiy und Jakob Rolinger wollen alles noch einmal genau besprechen, wie sie den Überfall auf den Drogentransport, durchführen wollen.

„Sowie ich grünes Licht und den Termin mit der Uhrzeit von der Rupisch habe, tickt die Uhr. Alles wie besprochen. Ich kann euch eines verraten: Es wird sich richtig lohnen." Dann fuhr Rollinger wieder zurück nach Kitzingen.

Im Licht der Straßenlaternen wirbelte die Flugwolle der Pappeln, als Rolinger zu Marlene Rupisch ins Auto stieg. Sie war heiß auf ihn und seinen Liebesstab. Sie war nicht mehr sie selber. Sie war im Liebesrausch und hätte zu dem Zeitpunkt alles für Rolinger getan.

Hatterer liest am nächsten Morgen in der Mainpostille folgenden Bericht über die Lage zur Corona-Krise: „In Unterfranken haben sich seit Beginn der Corona-Krise laut Zahlen des Robert-Koch-Instituts (RKI) 3363 (+15 zum Vortag) Menschen mit dem Virus infiziert (Stand: Freitag, 15. Mai). Die meisten Infizierten in der Region gibt es mit 874 (+0) nach wie vor in Stadt und Landkreis Würzburg. Für Stadt und Landkreis Aschaffenburg sind 623 (+4) Fälle bestätigt, für Stadt und Landkreis Schweinfurt 652 (+5), für die Landkreise Miltenberg 287 (+4), Haßberge 155 (+1), Main-Spessart 150 (+0), Kitzingen 190 (+0), Rhön-Grabfeld 191 (+0) und Bad Kissingen 243 (+4)." „Sieht doch gut aus denkt er sich im Stillen. Die Eisheiligen sind vorbei, es soll wärmer werden. Er will mit seiner kleinen Familie einen Ausflug ins Taubertal machen und in einem Biergarten endlich wieder einmal ein kühles Hefeweizen genießen.

Heute wurde der Ironman Triathlon auf Hawaii abgesagt. Er soll im Februar 2021 stattfinden. Auch das Kilianifest in Würzburg wurde abgesagt. Ansonsten verlief das Wochenende ruhig. Die Bundesliga hat mit Geisterspielen wieder begonnen. Das Interesse der Fans hielt sich in Grenzen.

Bennie Laue war sehr aufgeregt als er an diesem Freitag bei Rolinger anrief. „Was ist denn los Bennie!" „Moin Rolinger. Der Autotransport mit unserem Zeug ist gestern Vormittag entdeckt worden, alles weg. Ein Zentner Dope und 10 000 Amphies." „Wo denn?" „Beim Grenzübertritt von Serbien nach Slowenien. Die Grenzposten waren geschmiert. Anscheinend hat etwas bei der Ablösung nicht funktioniert. Ich kann dir noch nicht sagen was!" „Scheiße, Scheiße, Scheiße!! Wann kommt die nächste Lieferung?", Laue stöhnte: „Keine Ahnung. Ich habe noch keine Instruktionen von den Albanern erhalten. Im Moment sind wir auf uns alleine gestellt!!" Rolinger schimpfte dann wie ein Rohrspatz, dass ihre Kohle weg sei und er es sich überlegen müsse ob er mit ihm Laue, weiterhin Geschäfte machen möchte. „Beruhig dich, das wird sich schon wieder regeln, soviel hast du jetzt auch nicht verloren." Gut das ich mir die Rupisch geangelt habe, dachte er dann im Stillen. Es musste einfach klappen nächste Woche.

Hatterer traf im Büro nach vier Tagen auf seine Chefin Marlene Rupisch. „Was sollte der Quatsch, dass ich dich betätschelt haben soll? Ich habe jetzt ebenfalls eine entsprechende Gegendarstellung abgegeben und es wird zu einer Anhörung von uns beiden kommen!"

Hatterer war innerlich sehr gelassen. Er hatte die Macht des Handelns übernommen. Mathilda wusste Bescheid und auch Peter Seltermann. Ab jetzt herrschte ein eisiges Klima in der Dienststelle. Es wurde nur noch das Nötigste gesprochen.

Mathilda hielt sich nach außen hin aus allem raus. Sie kam heute im 80er-Jahre-Outfit ins Büro. Drei Streifen am blauen Langarmshirt und verwaschene Denim untenrum. Alles vom verstorbenen Papi geerbt. Sie stand auf so upgecyclingtes Zeugs. Egal ob es Klamotten, Schuhe oder Gebrauchsgestände waren. Etwas fiel ihr immer ein. Nur ihr Freund fehlte ihr immer mehr.

Hatterers Nachbar, Herbert Schleret, der vor einiger Zeit sein Interesse für die Fotografie entdeckte, hat sich einen Instagood Account angelegt, um die schönen Blumenbilder, die er in seinem Garten fotografierte, mit dem Rest der Menschheit zu teilen. Nach einem dreistündigen Fotokurs bei Biff Kranson in Kitzingen, der ihm zeigte auf was es bei der Pflanzenfotografie ankommt, konnte ihn nichts mehr aufhalten „Du musst immer schauen, dass du ein schönes Bokeh hinbekommst. Immer mit dem Licht arbeiten und wenn's geht mit ziemlich geöffneter Blende!" Auf seiner Empfehlung hin, kaufte er sich verschiedene Objektive, er musste das heimlich tun. In Anbetracht der hohen Summe die er dafür aufwendete, hätte seine Frau Renate einen Blutsturz bekommen.

Es war nicht schwer, wenn man weiß wie es geht. Sein Instagood Account ging durch die Decke. Schleret machte sich die Mühe, deshalb wahrscheinlich auch der Erfolg, zu jedem Bild eine ausführliche Beschreibung der Pflanze in Deutsch und Englisch mit hochzuladen. Am heutigen Abend bekam er einige Nachrichten. Eine davon klang folgendermaßen:„Hello - hi - Are you a photographer? - Schleret: yes - Sch: you are living in germany - K: No Moscow - K: Are you in Germany? - Sch: yes - K: Nicee

Schleret schaute dann auf das Profil von Kinkysamira und musste husten. Die Bilder zeigten eine vollbusige Frau mit blauen Augen und schönem Lächeln. Im Stillen dachte er sich, dass die Frau wohl nicht wegen seiner Pflanzenbilder mit ihm chattete. Seine Frau Renate rief zum Abendessen und riss ihn aus seinen Gedanken.

Hatterer und Mathilda mussten am Abend zu einer geheimen Besprechung mit Polizeichefin Susanne Porzuck, bei der auch zwei Beamte des LKA Bayern anwesend waren. Es waren Yogi Weber, ein früherer Mitarbeiter in der Kitzinger Dienststelle und Nikos Tesfandrias, der auch schon in Kitzingen zu tun hatte. Yogi hatte sofort ein Auge auf die bildhübsche Mathilda geworfen. Ihre Blicke kreuzten sich. „Scheiß Gesichtsmasken!" dachte Yogi dabei. Die Polizeichefin räusperte sich. Nach einigem hin und her wurde der Termin für den Drogentransport festgelegt. „Wir nehmen den Freitag nach Christi Himmelfahrt!" Der nächste Tag verlief auf der Dienststelle in ruhigen Bahnen.

Marlene entschuldigte sich scheinheilig bei Hatterer. Der ihr dann erzählte wann der Transport der Drogen geplant sei. „Wieviel Uhr startet er hier?" Hatterer zog die Schultern hoch und ging zur Türe hinaus. Mathilda die gerade mit Yogi am Telefon flirtete, zog ebenfalls die Schultern hoch.

Nachbar Schleret wollte gerade ein Foto, von einer seiner Meinung nach schönen Klatschmohn Komposition, in Instagood hochladen, als er etwas sah, was ihn unruhig werden ließ. Es war eine Nachricht vom Busenwunder Kinkysamira.

„Sieht so aus, als würde mich jemand verfolgen, lol." Sie meinte damit wohl ihn, da er ein paar aufreizende Bilder von ihr mit einem roten Herzchen gelikt hatte. „Können Sie mir bei der Auswahl von Bildern von mir helfen? Du bist ein Fotograf, also wirst du gut darin sein?! "Daraufhin Schleret großspurig: „Klar, kann ich ihnen bei der Auswahl ihrer Bilder helfen. Wenn Sie möchten, kann ich sie auch retuschieren."

Schleret hatte auch einen Bildbearbeitungsworkshop bei Biff Kranson mitgemacht und beherrschte die Bildbearbeitung mit Photoshop mittlerweile sehr gut.

Kinky: „Really? Das wäre toll. Hier einige meiner alten Model Bilder."

Es waren Bilder, die die dralle Kinkysamira im knappen Outfit, in einschlägigen Posen zeigte. Für die fünf Bilder brauchte er mit seinem Workflow 30 Minuten. Haut weicher, Kontrast und Farbstimmung anpassen, beschneiden, drehen, fertig. Er schickte sie gleich wieder zurück. Kinkysamira antwortete prompt.

„Wow, Damnnnn, This is amazing, Can't believe. Vielen Dank, Schatzi". Dann flirtete Schleret los: „Ich mache das gerne für eine schöne Frau wie dich. Das letzte Bild gefällt mir besonders gut!". Kinky meinte dann, dass er das Bild in seinem Feed posten könnte, wenn er möchte, sie hätte nichts dagegen. Schleret war aufgeweicht, erregt und geschmeichelt. Das ist süß. Es ist eine Schande, dass Sie so weit weg leben. Ich würde gerne Fotos von dir machen.

Kinky ging nicht darauf ein. Sie fragte nach dem Gebührensatz von ihm und ob er ein weiters Foto bearbeiten könnte. 200 Dollar hätte Sie einem Fotografen für die Bilder bezahlt. Wie alt Schleret sei wollte Sie wissen. Sie wäre 24 Jahre und stehe auf ältere Männer.

Dann wollte sie noch wissen ob er verheiratet sei und ob er Kinder hat. „Okay, bis morgen. Schlag mich an, wenn du wieder Zeit hast. Tschüss.“

Schleret musste durchatmen. Was für eine Frau und was für Titten. Er merkte, dass er einen Steifen in der Hose hatte. Seine Frau rief: „Der Krimi geht an!“ Dann noch der verheerende Satz von ihm an Kinky: „Sweet Face!! Hot Fashion :-) and the most beautiful boobs I've ever seen.“

Erste Kitas und Biergärten öffnen, weitere Lockerungen für die Gastronomie. Chancen, dass es doch noch Sommerurlaub im Süden geben kann. Marlene Rupisch drückte eine Telefonnummer in ihr zweites Smartphone. Am anderen Ende meldete sich Rolinger. „Hast du Zeit? Dann kann ich dir die Situation erklären!“ „C´mon! Ich habe eine Überraschung für dich!“

Das hätte sich Marlene nicht träumen lassen, sie sah die ganze Bande. Proncheko, Samoilov, Shafranskiy, Semenov und Balakin. Die Jungs waren heiß und Rolinger sagte zu ihr, dass sie sich einen aussuchen kann. Jetzt wurde ihr bewusst, dass sie wieder auf einen Typen hereingefallen war. Sie wollte keinen der bärtigen Gestalten, sie wollte ihn. Ein bisschen Hoffnung keimte trotzdem noch in ihr. Nachdem sie sich innerlich wieder etwas gesammelt und einen großen Schluck Wodka getrunken hatte, erzählte sie detailgetreu und bildlich was sie wusste. Dann verabschiedete sie sich mit traurigem Blick. Einen Augenblick hielt sie inne und träumte von einem Strand in Süditalien. Sie überlegte, ob sie sich jetzt nicht doch lieber Hatterer anvertrauen sollte. Es war noch nicht zu spät. Die Enttäuschung war sehr groß. Ein paar Tränchen kullerten über ihre Wangen. Rolinger wollte doch nur durch sie zu Infos und vor allem zu dem Stoff kommen. Plötzlich stieg Hass in ihr auf.

„Ihr habt es von Marlene gehört. Übermorgen zählt es. Wir gehen später den ganzen Ablauf nochmal durch." Als Marlene gegangen war, meldete sich Viktor Samoilov, der nicht so zum engeren Kreis der Gang gehörte, da er früher ein ausgezeichneter Rallye Pilot war, wurde er für Fahrdienste immer wieder einmal engagiert. „Was machen mit Bullenhure?" „Das lass mal unsere Sorge sein Viktor, hättest du eine andere Visage gemacht, vielleicht hättest du das Vergnügen mit ihr gehabt. Wer kann von sich schon behaupten, dass er schon eine Polizeichefin gefickt hat. Du jedenfalls nicht!" Alle lachten.

Schleret am PC. Donnerstagnachmittag um Kinky: „Hast du meine Bilder bearbeitet?" „Ja, schau im Post nach oben, ich habe sie dir schon geschickt." „Oh, tut mir leid, ich habe es nicht gesehen. Ich liebe sie sehr. Vielen Dank. Darf ich dich Schnucki nennen. Du bist so ein Schatz". Schleret war geschmeichelt und er schrieb ihr, dass er sich freue, dass ihr die Bearbeitung der

Bilder gefallen." Natürlich darfst du Schnucki zu mir sagen. Deine Bilder sind sehr weiblich und sinnlich. Für dich würde ich durchs Feuer gehen, also früher, als ich noch jung war!" Daraufhin Kinky: „Hahaha. Also sag mir, was für ein Fotoshooting du mit mir machen würdest. Was haben Sie auf dem Herzen? Teilen Sie Ihre Ideen!" Schleret schrieb ihr dann, dass er normalerweise nur Blumen, Blüten und Vögel in seinem Garten fotografiert. Aber wenn er es sich aussuchen könnte, dann gerne ein Dessous-Shooting, da sie sicherlich schöne Sachen zum Anziehen hätte. Kinky schrieb zurück, dass sie das gerne machen würde, aber wenn dann nur mit ihm alleine. Sie fühle sich nicht wohl, wenn viele Leute dabei sind und beim Shooting zuschauen. Schleret bestätigte das und sagte, dass es für sie wohl ein Wunschtraum bleiben würde. Dann fragte sie was in Deutschland für ein Aktmodell gezahlt wird. Schleret konnte ihr da aber keine Auskunft geben. Dann schrieb er, dass ihre Bilder sein Herz erwärmen würden. Du hast wirklich wundervolle Brüste. Kinky fragte, ob er als Deutscher gerne Bier trinken würde. Alle Deutschen würden doch gerne Bier trinken. Kurz darauf ploppte ein Bild auf. Es zeigte Kinky mit einer Flasche Bier, die sie zwischen ihre großen Brüste geklemmt hatte. „Hier hast du ein Bier, Sir!" „OMG. Höre meinen Puls!" Schleret war ganz durcheinander.

Hatterer kam am Donnerstagabend von einem Ausflug aus Rothenburg ob der Tauber zurück. Großtante Petra hatte dort in ihrer Lieblingsboutique Sommerkleider bestellt, die sie abholten. In einem Biergarten nahe der Stadtmauer hatte sie für ein Mittagessen reserviert. Das Leben war umständlich geworden in Corona-Zeiten. Maske auf beim Betreten des Biergartens. Abstand einhalten. Gang zur Toilette ebenfalls nur mit Maske. Und auch dort Abstand halten. Zwei von den vier Pissoir waren mit Folie abgeklebt. Adresse mussten sie angeben und nur mit Karte bezahlen. Auf dem Marktplatz gab es eine sogenannte Hygienedemonstration. Neben Gastwirten, Reisebüroinhabern und deren Angestellten waren auch Neonazis, Flacherdler, Reichsbürger, Bill Gates Hasser, Impfgegner, 5G Corona-Virus-Beschleuniger und Taubenverschwörer erschienen. Ein massives Polizeiaufgebot sorgte für Ordnung. Abstand und Mundschutz war Pflicht. Aus ein paar Storchennester schauten die Vögel besorgt auf die schreienden und zum Teil verwirrten Menschen. Delcy, der jetzt schon gut laufen konnte, rannte einer Katze hinterher, die sich von ihm einfangen und streicheln ließ.

Isabella staunte über die gut erhaltene mittelalterliche Stadt in Westmittelfranken. Entlang der kopfsteingepflasterten Straßen der Altstadt gingen sie an Fachwerkhäusern vorbei zur St. Jakobskirche mit seinem aufwendig gestalteten, spätgotischen Altarbild vom Holzschnitzer Tilman Riemenschneider. Dann hinunter zum Plönlein dem Wahrzeichen der Stadt. „Schön hier! Nicht wahr!", sagte Großtante Petra zu einer staunenden

Isabella. Beim vorzüglichen Essen grübelte Hatterer über den kommenden Einsatz. Er wusste, dass es nicht ungefährlich war. Er konnte Marlene nicht verstehen, dass sie in diese unwürdige Geschichte hineingerutscht ist. Er fragte sich, ob er sich mehr um sie hätte kümmern sollen. Aber sie war immer so abweisend.

Freitagvormittag am Schlerets Rechner „Wie ist das Wetter in Moskau? - K: Das ist gut. 14 Grad - Kinkysamira schickt wieder eine sexy Aufnahme mit einem Blauen bra - Sch: Blau steht dir sehr gut - K: Denkst du, ich sollte diese Fotos hochladen? - Sch: Ich mag die beiden Bilder (Kinky hatte erneut Bilder ihrer großen Brüste hochgeladen) jetzt nicht so sehr. Du hast schönere Bilder. Deine Brüste sind auf den Bildern so zusammengedrückt. Das Bild mit dem blauen Oberteil gefällt mir am besten. - Erneut kommen Bilder von Kinky, diesmal mit transparentem Oberteil - K: Magst du sie? - Sch: ja sehr. Schleret merkte das Kinky stolz auf ihre großen Titten war. - K: Ich habe sie auch ohne Bra. Gestern habe ich ein paar Selfies gemacht. Willst du sie sehen? - Sch: Natürlich zeig her. Es klingelt gerade, entschuldige mich. Nach einer Weile des Durchschnaufens. - Sch: Ich bin wieder da. - K: Mein Mann schenkte mir diesen Bra, den ich im Haus tragen soll. Aber ich habe es nie getan. Und jetzt habe ich es getragen und Selfies gemacht und sie dir geschickt mein Schatz. Sch: flunkert: Das ist so nett von dir. Es war der Pastor, der mir sagte, ich solle wieder einmal in die Kirche kommen. Ich sagte ihm, dass ich keine Zeit habe, ich traf eine schöne Frau im Netz und ich schaue ihre Bilder mit großer Leidenschaft an. Er will sie auch ansehen, aber ich sagte ihm, dass es nicht geht, wegen dem Zölibat das er abgelegt hatte. - K: Hast du ihm meine Bilder gezeigt? - Sch: Nein, er würde in Ohnmacht fallen - K: Bist du sicher? Du gehst nicht gern in die Kirche? Sie schickt Bilder wo sie als sexy Nonne abgebildet ist. Blasphemie denkt Schleret. Aber ist mir jetzt auch egal. Er ist wahnsinnig geil und erregt. - K: Wenn ich die Nonne wäre, würdest du dann gehen? Hahaha. - Sch: OMG. Hast du noch andere Männer auf Instagood? Ich kann dir versichern, dass ich deine Bilder niemandem zeigen werde. - K: Nein, ich habe keinen anderen Mann hier, nur dich mein Schatz. – Das war natürlich gelogen. - Sch: Okay. Das Outfit ist großartig. Ohne Kapuze und Kreuz würde ich es noch sinnlicher finden. - K: Oder ohne Kleid? Hahaha haha - Sch: Ja - Sie schickt dann einen Stabel Nacktbilder und sogar ein kleines Film- chen. - K: Ich war noch nie so flirtend oder versaut mit jemand anderem. Ich fühle mich sicher mit Dir. Du bist keine Gefahr. Deshalb habe ich mich geöffnet. Denken Sie nicht, dass ich eine Hure oder so bin. - Sch: Ich habe noch nie so viel mit einer Frau im Netz geflirtet - K: Hier jetzt ohne Kleid. Darf ich Sie etwas fragen? - Sch: Na klar - K: Ich werde sehr unruhig. Wirst du immer noch geil? Wie geht es dir? Immer noch schwer? Frag mich. Es tut mir so leid, dass zu fragen, aber ich bin nur neugierig. Ich habe nie mit jemandem geplaudert, der in deinem Alter ist - Sch: Ja, ich werde auch geil, wenn ich deine Bilder sehe und danke dir dafür. Ich habe jetzt wieder einen Sinn im Leben - K: Really. Kann ich sehen, wie sehr ich einen 69-Jährigen Mann aufrege? Das wäre eine Leistung für mich - Sch: Ja wirklich. Ich kann kein Foto davon machen. jetzt kann meine Frau jeden Moment ins Zimmer kommen. Aber ich bin sehr erregt. - K: Gehe in den Rest Room - Sch: Moment - Schleret geht ins Bad neben an und holt sich mit großen Mühen einen runter. Er filmt es mit der Handykamara. - K: Omg Das will ich jetzt sehen - Ich bin neugierig. Ich würde gerne auf dir sitzen. Ich hatte seit mehr als 2 Monaten keinen Sex mehr. Deshalb habe ich dich gebeten mir deine Banane zu zeigen. Damit ich es mir vorstellen kann wie es ist, in meinem Mund oder in meiner Muschi. C`mon. Wie weit hast du gespritzt? Schleret schickt das Filmchen ab.

Schlerets Frau ruft. „Herbert, was machst du da unten?" Schnell tippt er noch ein, zwei Zeilen und zieht seine Unterhose an. Seine Frau kommt herein. „Wieso hast du nix an? Jetzt komm schon, wir wollten doch zum Einkaufen fahren.

Als Herbert mit seiner Frau Renate wieder zurück vom Wocheneinkauf war und sie die Sachen im Kühlschrank, Abstellraum und diversen Schränken verstaut hatten, schlich er sich in den Keller. Er setzte sich wieder auf den Stuhl vor seinem PC und ließ diesen hochfahren. Er war gespannt was Kinkysamira zu seinem Pimmelfilmchen sagen würde. Aber sie sagte nichts. Sie hat ihm, in fließendem Deutsch eine Rechnung geschickt. Man könnte es auch Erpressung nennen. Sie schreibt, dass sie genau wisse wer er sei und sie würde das Bild an seine Frau schicken, außer er zahlt 1.000 Euro via PayPal an sie. Am Ende schrieb sie noch, dass sie alte geile Säcke hassen würde und er Glück habe, dass sie nur 1.000 Euro verlangen würde. Herbert Schleret lief es eiskalt den Rücken hinunter. Er musste mit Hatterer reden, was da zu machen ist.

Dieser bereitete sich gerade auf den Einsatz mit dem Drogentransport vor. Bis auf Marlene Rupisch wussten alle beteiligten Beamte, dass sie nur Fake Material transportieren würden. Der richtige Stoff hat sich schon längst entmaterialisiert und sich über dem Himmel der Müllverbrennungsanlage verflüchtigt.

In einem Bericht eines Aktivisten des Vogelschutzbundes ist in seiner Studie über das Verhalten von Saatkrähen im Frühsommer vermerkt: Eine große Krähenkolonie, in der Nähe der Müllverbrennungsanlage Würzburg/Ost, torgelten in den frühen Morgenstunden handzahm auf einer Wiese umher. Ihm kam es so vor, als ob die Vögel irgendwie kicherten.

Das MEK Nordbayern mit Sitz in Nürnberg war ebenfalls eingeschaltet und war bereits gut getarnt mit drei

Fahrzeugen im Würzburger Gewerbegebiet Ost verteilt. Mit dabei waren auch zwei Scharfschützen mit Präzessionsgewehren. Da es jetzt Ende Mai ziemlich spät dunkel wird, wurde der Transport, auch zum Schutz der Zivilbevölkerung auf 22 Uhr gelegt. Die Telefonüberwachung bei Marlene Rupisch hatte ergeben, dass sich Jakob Rolinger, auf einem Parkplatz kurz vor Rottendorf postieren würde. Er wollte Bescheid geben, wenn der Transport bei ihm vorbeifuhr. Dann würden noch vier Minuten vergehen bis der Drogen-Transport in die Müllverbrennungsanlage einfährt. Kurz nachdem er Stellung bezogen hatte, ging der neue Rap Klingelton seines Smartphones. Es war Marlene Rupisch. Sie gab durch was es für ein Auto sein würde. Rolinger gab die Info gleich an seinen engsten Vertrauten Vitaliy Shafranskiy durch: „Ford Combo, dunkelblau mit grüner Aufschrift Radsport-Forum.de. KT-RF 222!" „Alles klar, Chef." Derweil legten die Männer die den Transport lenkten, schusssichere Westen an. Yogi Weber, ein früherer Mitarbeiter in der Kitzinger Dienststelle und Nikos Tesfandrias wussten was sie zu tun hatten. Die Scharfschützen hatten zwei Mann im Fadenkreuz.

Zum selben Zeitpunkt klingelte es in der Wohnung von Marlene Rupisch. Als sie die Tür öffnete wusste sie, was jetzt kommt. Sie hatte es schon geahnt, sie hatte keine Angst. Sie war froh, dass sie sich Arne Hatterer unmittelbar vor dem Einsatz offenbart hatte. Sie wurde sofort vom Dienst suspendiert.

Kurz nachdem der Combo am Rottendorfer Parkplatz vorbeigefahren war, nahm der erste Trupp des MEK Jakob Rolinger fest.

Vitaliy Shafranskiy lag auf der Lauer. Er war immer sehr misstrauisch und suchte mit seinem Nachtsichtgerät die Gegend ab. Nichts. Als er sich Richtung Wällrieder Hof drehte wurde ihm plötzlich klar, dass sie in der Falle saßen. Er schrie ins Walky Talky: „Далеко звідси. Це кишить з МЕК!" Aber zu spät. Seine zwei Mitstreiter konnten ihn nicht mehr hören, sie standen am Gate und warteten schussbereit, auf den Combo. Stattdessen kamen von drei Seiten Einsatzfahrzeuge des MEK. Die Russen schossen sofort. Dann fielen sie um. Die Scharfschützen hatten ganze Arbeit geleistet. Stille. Dann hörten die Einsatzkräfte einen Motor aufheulen und ein schwarzer SUV fuhr den Abhang des Kraftwerks hinunter und raste auf der Bundesstraße davon. Er fuhr aber nicht die ursprünglich geplante Route über Rothof und Euerfeld. Die der Polizei nach der Offenbarung von Marlene Rupisch bekannt war. Shafranskiy der alte Fuchs, wusste genau, dass sie aufgeflogen waren und wählte instinktiv einen anderen Fluchtweg. Über einen Feldweg gelangte er in die Nähe des Rottendorfer Fußballplatzes. Von dort düste er mit hohem Tempo auf einem Betonweg nach Lengfeld, dann an der Kürnach entlang nach Estenfeld. Über weitere Feld- und Forstwege gelangte er zu einem Forststück bei Versbach. Dann ging er zu Fuß weiter. Auf dem Ikea Parkplatz hielt er kurz inne, checkte die Lage und schlich sich an einen Wachmann heran, dessen Schicht anscheinend beendet war. Lautlos fiel dieser in den feuchten Lehm neben dem großen Parkplatz. Shafranskiy fuhr mit dem silbernen Mitsubishi Colt des Wachmannes zurück zum schwarzen SUV. Nahm aus dem Kofferraum den Ersatzkanister Diesel, schüttete diesen über und in das Auto und zündete ihn an. Das Feuer war weit zu sehen und die Explosion gut zu hören. Bis die Feuerwehr eintraf war das Auto komplett zerfetzt und ausgebrannt. Shafranskiy unterdessen war nach Volkach gefahren. Am Main-Rhein-Donau Kanal schob er das geklaute Auto über das befestigte Ufer ins Wasser. Es dauerte nur wenige Sekunden bis von ihm nichts mehr zu sehen war. Shafranskiy hatte sich ausgezogen und seine Klamotten und Schuhe in einen großen gelb-blauen Plastikbeutel gesteckt, der im Mitsubishi herumlag. Er knotete ihn so gut es ging zu. Dann sprang er ins kalte Wasser und schwamm durch den Main. An dem durch die Corona-Krise noch gesperrten Wohnmobilstellplatz, stieg er aus dem Wasser. Er zog nur die Unterhose an und lief den einen Kilometer bis zum Stadtrand von Volkach. Er war völlig trocken als er seine Kleidung wieder anzog. Er rannte in die Altstadt und klingelte bei Persephone Maier einmal kurz dreimal lang. Ihm wurde sofort geöffnet. „Komm rein!"

Schleret schaltete gegen 23 Uhr nochmal den PC an und fand dann in seinem Instgood Feed folgende Nachricht:

„Sabahınız xeyir. Mənə həmişə belə gözəl ismarıc göndərməyinizə görə xoşbəxtəm. Bunu hələ də öz Men.doqru.evllk lsterem.tesekkur enpatlnlze Bəli onda səhv insanı tapmaqda sizə uğurlar diləyirəm Neçə yaşındadırlar bəlkə dostlarımın əhatəsində nəsə eşidirə bell.ev mek lsteyen.varsa.sansll olacaq.men.hazlr. Ammacozel ve.aklll.olsun Bəli doğrudu Gozel. amma. akll. olsun.yazarsa.yenl.soz.olsa.sen. akxllmdaldln..evllsen. Olmaz.tek.olsaydln.olabllrdl n bir-birimizə Sen.bu.cunden.menlm.dostum.olursan.Gcelecem.almanyaya Man heimma .coruserlk bir-birimizə Olsun.tek.darlxlram.tez.tez.yaz.tamaml.Votsapda.danls 055966666. Votsab .nomrem Səninlə dost ola biləcəyimə şadam. İnşallah bir anda bir-birimizə gözlə baxa biləcəyik. Celersenbkuya.ondacelbakuyaso

Dann klickte es nochmal und Kinky schickte eine Nachricht die Schleret im ersten Moment erleichterte. „Ich weiß, dass du die 1.000 Euro nicht bezahlen kannst oder willst. Aber zur Strafe, die sein muss, habe ich dich bei einer aserbaidschanischen Heiratsvermittlung eingetragen. Anscheinend kommst du bei den Frauen im mittleren Osten gut an. Jedenfalls wirst du in den nächsten Wochen einige Heiratsanträge bekommen. Hahaha."

Schleret war jetzt richtig angepisst. „Du bist doch eine richtige Pitsch, sollte ich dich jemals zu Gesicht bekommen bringe ich dich um!" „Sag doch sowas nicht, der Cybersex war doch gut. Also Garten-Inspektor (so nannte sich Schleret im Instagood) good luck und halt die Ohren steif und nicht nur die. Bye bye!"

Beim Resümee der Lagebesprechung in der Dienststelle, stellte Susanne Porzuck fest: „Drei Festnahmen, davon zwei Schwerverletzte und ein Toter. Vitaliy Shafranskiy war entkommen. Wie konnte das passieren? Marlene Rupisch wurde bedrängt und im Handgemenge löste sich der tödliche Schuss. Wir müssen die nötigen Beweise auf den Tisch legen um Rolinger dingfest zu machen und wir werden den verdammten Vitaliy Shafranskiy finden. Das wars meine Damen und Herren! Gute Nacht schlafen sie gut und bleiben sie gesund."

Sie nahm ihre blaue Polizei-Gesichtsmaske ab und verließ irgendwie geknickt das Besprechungszimmer. Mathilda hatte ein schlechtes Gewissen als sie sich von Hatterer verabschiedete. Mit Marlene war nicht mehr zu sprechen.

Sie war zu verliebt um irgendwie was in die Wege zu leiten. Yogi nahm sie in die Arme, geleitete sie die Treppe hinunter und fuhr mit ihr nach Hause. Hatterer hörte seinen Namen, fast schreiend, zumindest doch sehr laut rufend. „Ab morgen sind sie wieder der Dienststellenleiter, Hatterer! Kein Wenn und Aber. Die

Situation lässt nichts anderes zu! Die Rupisch ist ja erst einmal suspendiert und sitzt in U-Haft!"

Hatterer ging wieder ein paar Stufen zurück nach oben und schaute seine Vorgesetzte traurig an und sagte dann ganz ruhig: „Ab Übermorgen Morgen mache ich frei!"

Mittlerweile war es schon nach Mitternacht. Als er durch den Garten zum Hintereingang schlenderte hörte er ein leises pst, pst. Beim näheren Hinschauen sah er seinen Nachbarn am Zaun. „Arne komm doch mal her. Bitte. Es ist wichtig!" „Morgen Herbert, mir reicht es für heute!" „Es dauert auch nicht lange!" „Gute Nacht Herbert!"

Als am Morgen Vitaliy Shafranskiy seinen Kaffee bei seiner Freundin Persephone Maier in Volkach trank war er stocksauer.

Persephone hatte im Radio gehört, dass es einen Toten in der Kitzinger Innenstadt gibt und eine hochrangige Polizeibeamtin vom Dienst suspendiert wurde. Außerdem berichtete der Sender von einer Schießerei am Müllheizkraftwerk und einem Fahrzeugbrand in der Nähe von Lengfeld. „Das kann nur dieser Arsch von Alexander Semenov gewesen sein. Der Auftrag kam bestimmt von Rolinger. Was soll ich nur machen." Perso strich ihm zärtlich über den Hinterkopf: „Stell dich, dann bist du nur wegen Beihilfe dran und wegen

Dürnberger können sie dir nichts anhängen!" „Meinst du! Beihilfe zu was?" „Klar, sonst würde ich es nicht sagen! Du weißt doch, dass ich dich sehr mag!"

Als Hatterer seinen Morgenspaziergang starten wollte, sah er schon von weitem, dass sein Nachbar Herbert Schleret wieder am Zaun stand. „Kann ich ein paar Schritte mitgehen?" Seine Frau Renate die gerade die Küchenabfälle in die Mülltonne kippte, sagte, „dass sich Herby, wie sie ihren Mann ab und zu nannte, schon den ganzen Morgen auf den Morgenspaziergang mit dir freut. Es ist nett von dir, dass du ihn gestern Abend noch eingeladen hast!"

Verwundert schaute Hatterer auf seine Nachbarin. Dann sah er das aufgeregte Zwinkern in Herbys Gesicht. Verlegen kam es aus ihm heraus: „Ja, wieso soll ich auch immer alleine durch die Gegend watscheln!" Dabei schaute er seinem Nachbarn ernst ins Gesicht.

„Viel Spaaass!" rief Renate und ging Po wackelnd wieder ins Haus.

„Sag mal, was ist los?", fragte Hatterer ernst beim leichten Anstieg hinauf zur Autobahnbrücke. Dann erzählte Herby, die ganze, für ihn leidliche Geschichte. Hatterer lachte schadenfroh: „Das ist doch ganz einfach Herbert! Du meldest dich in den ganzen asozialen Medien in denen du angemeldet bist, ab. Suchst dir eine neue Mailadresse bei einem freien Anbieter aus und meldest dich unter einem anderen Namen nach einer Woche wieder an. Fertig. Du bist dann alle Sorgen los. Rechtlich ist da wenig zu erreichen. Du bist mir schon einer. Holst dir öffentlich einen runter. Hat es wenigstens gutgetan?"

„Hat es Arne, hat es! Renate und ich wir haben ja keinen Sex mehr miteinander. Sie will nicht mehr. Naja ich will nicht ins Detail gehen. Blumen-Inspektor war so ein toller Nick Name!"

„Du weißt jetzt wie es funktionieren kann. Nenn dich doch einfach Poisonousplant, Flowerlover oder Blumenfreund. Dir wird schon was einfallen. Aber egal ich muss mich beeilen." Im Stechschritt gingen sie am nördlichen Rand des Klingenwaldes entlang wieder Richtung Kaltensondheim. Sie atmeten frische Morgenluft ein und lachten über die Dummheit von Schleret. „Könnten wir öfters zusammen machen, dann ist es nicht so langweilig." „Ja, jetzt geht es ja wieder. Scheiß Corona. Der Müllers Erwin hat seinen Ochsen verkäff müss. Ke Geld mehr. Wird Zeit, dass alles wieder a weng geöffnet wird."

Corona wird nun seit einigen Tagen nach der sogenannten Sieben-Tage-Inzidenz bewertet. Dabei handelt es sich um die Zahl der Neuinfektionen innerhalb von sieben Tagen in einem bestimmten Landkreis oder einer kreisfreien Stadt pro 100 000 Einwohner. Es gilt nun

Bundesweit: Liegt dieser Wert über 50 müssen die Gesundheitsbehörden reagieren und in dem betroffenen Gebiet Maßnahmen zur Eindämmung des Virus ergreifen, dabei kann es wieder zu lokalen Beschränkungen kommen. Damit alles Safe bleibt, hat Bayern mittlerweile seinen Grenzwert verschärft und auf 35 Neuinfektionen pro 100 000 Einwohner innerhalb von sieben Tagen in einer Stadt oder einem Landkreis herabgesetzt. Kitzingen liegt im Moment bei 0,0. Die Kneipen könnten eigentlich wieder öffnen.

Wieso haben die zwei gleich geschossen? Hatterer musste über den Einsatz in der vergangenen Nacht nachdenken. Anfangs lief alles reibungslos, auch die Festnahme von Jakob Rolinger. Genau da war der Knackpunkt der Aktion, weil die Beamten des MEK eine halbe Minute zu früh Rolinger festsetzten, konnte der noch das von der Bande festgelegte Warnsignal per Smartphone absetzen. Deshalb entkam Vitaliy Shafranskiy und die anderen zwei schossen sofort. Ihm graute es vor den Verhören mit Marlene Rupisch. Zum Glück macht nach der Befragung zur Sache, die Dienstaufsicht weiter. Hatterer hoffte, dass sie mit einer Bewährungsstrafe davonkommt. Ihr Polizeidienst ist passé. Die Abstimmung im Team war nicht gut. Hinterher weiß man immer alles besser. Hatterer war sauer. Er brauchte frische Luft. Als er die Glauberstraße entlanglief, schnappte er von einem Garagendach, dass zwei Handwerker einer Kitzinger Dachdeckerfirma neu isolierten, einen Satz auf: „Des war geil gestern. Klenn Kocher hama eingepackt kappt, Würscht und Bier. Ey da war was los soch ich dir..." Hatterer ging weiter und dachte, dass sie, die Polizisten, doch die größten Deppen sind. Mir riskieren unser Leben und die saufen sich die Hucke zu und genießen das Leben, selbst in der Pandemie. Wenn ich an des neue Polizeigesetz von Berlin denke, könnte ich kotzen. Es ist das vermeintlich gewöhnliche, das einfältige und riskante, dass kein Mensch hinterfragt. Ganz einfach, es ist unser Job. Die Fahnen auf dem Parkplatz eines Wohnmobilhändlers schepperten im Wind. Hundegebell aus einem Garten eines alten kleinen Einfamilienhäuschens. Zwei dicke Möpse, weiß und schwarz, wackelten lautstark eine kleine Rampe, die höchstwahrscheinlich zu diesem Zweck anbaut wurde, hinunter und rissen Hatterer lautstark aus seinen Gedanken.

Der Kapitän, des Binnenschiffes „Cava" eines holländischen Particuliers, Donny van der Ekkekof meldete an das Wasserstraßen- und Schifffahrtsamt Schweinfurt, dass sich etwas im Flussbett am Beginn des Mainkanals bei Volkach befinden muss, dass dort nicht unbedingt hingehört. Er hat an seinem Schiff metallene Schleifgeräusche vernommen. „Het heeft echt de romp bekrast!"

Die angeforderten Taucher vom Kampfmittelräumdienst entdeckten dann einige Stunden später am

Nachmittag, gleich beim ersten Tauchgang, dass ein Fahrzeug senkrecht am Rand der Fahrrinne an einem Unterwasserkabel hing. Zur Bergung wurde ein Autokran angefordert.

Bei der ersten Anhörung durch die Dienstaufsicht gab Marlene alles zu und schilderte genau wie sie in die Sache hineingeschlittert ist. Sie hatte mit Männern einfach kein Glück. Sie wurde in Amberg, wo sie noch vor einem Jahr Dienst getan hatte, gemobbt. Es war stadtbekannt, dass der von ihr über alles geliebte Ehemann seit Jahren eine Geliebte hatte und sie nichts davon wusste, geschweige denn ahnte. Bei einem Polizeieinsatz arrangierten es die lieben Kollegen so, dass sie es war, die ihren Mann mit der wesentlich jüngeren Geliebten im Bett in flagranti erwischen musste. Sie hielt das ständige Getuschel und heimliche Gelächter nicht mehr aus. Der Stachel saß zu tief und sie ließ sich von der Oberpfalz hierher nach Unterfranken versetzen um endlich Ruhe zu haben. Dann nach einem Jahr das. Sie sehnte sich nach Liebe und Zweisamkeit. Sie war geil und ging Rolinger auf den Leim. Ihr Gehirn hatte sie ausgeschaltet. Dafür musste sie jetzt mit der Kündigung vom Polizeidienst rechnen.

Die Vernehmung von Rolinger, am späten Nachmittag, verlief ziemlich smart. Er sagte nichts, verweigerte jede Aussage. Sein mit allen Wassern gewaschener Anwalt, schaffte es, dass er auf Kaution weiter auf freiem Fuß bleibt. Er ging wortlos, gefühlskalt, zeigte keine Emotionen. Er fühlte sich als Geschäftsmann. Der Tod von Alexander Semenov interessierte ihn nicht und ließ ihn auch ziemlich kalt. Hatterer und Mathilda schauten den beiden nach und dachten wahrscheinlich das Gleiche. Es wird sehr schwer werden dem Typen was zu beweisen. Jedenfalls solange nicht, bis Marlene glaubhaft versichern kann, was wirklich war. Wird man einer Frau glauben, die sexuell einem Verbrecher hörig war? Man wird sehen. Es wird Aussage gegen Aussage stehen.

Der Tag war noch jung. Es war schon hell. Jetzt Ende Mai sind die Tage lang. Ausgelaufenes Benzin färbte das Wasser in einer Pfütze blau-violett. Am silbergrauen Mitsubishi Colt, der am Ufer kurz vor der kleinen Werft in Astheim abtropfte war schon die Spurensicherung am Werk. „Fingerabdrücke?" „Ja, schon," sagte eine Frau, die Hatterer noch nie gesehen hatte. „Aber es wird wohl über eine Woche dauern, bis wir das alles zugeordnet haben!"

Patrik Neubert, der niedergeschlagene Wachmann, hatte sich nach einigen Tagen bei der Polizei gemeldet, nachdem er im Krankenhaus aufgewacht war. „Der Colt is wech!", hatte seine Freundin zu ihm gesagt. Ein schlauer Kopf im Würzburger Präsidium hatte schnell erkannt und den Zusammenhang, mit der Schießerei die sich am Müllheizkraftwerk zugetragen hatte, hergestellt. Kurz darauf wurde Hatterer benachrichtigt, der dann die Meldung auf dem Rechner hatte, dass in Volkach ein silbermetallischer Mitsubishi Colt aus dem Kanal gezogen wurde.

Hatterer zog sich im alten Focus die Maske vom Gesicht und resümierte im Geiste. Er sprach auf dem Voice Recorder seines Smartphones folgenden Text: „Vitaliy Shafranskiy wusste durch irgendeine Message, dass ihre Aktion aufgeflogen war. Er flüchtet erfolgreich, wahrscheinlich über verschiedene Betonstraßen. Er schlägt Patrik Neubert nieder, nimmt dessen Auto, fährt zurück und zündet den SUV an. Dann in Volkach schiebt er das entwendete Auto in den Main. Durch Zufall versinkt es nicht ganz. Der Kapitän eines holländischen Binnenschiffs meldet das versunkene Auto." Dann ruft Hatterer, in seiner Funktion als neuer Dienststellenleiter, Mathilda an. „Guten Morgen Mathilda. Bitte prüfe doch einmal, ob es irgendwelche Webcams oder Überwachungskameras in Volkach gibt. Wir brauchen alles von der Nacht des Überfalls auf den vermeintlichen Drogentransport!" „Mache ich Chef!" „Gut. Ich habe den leisen Verdacht, dass die Volkacher Kifferlady da auch irgendwie ihre Finger im Spiel hat! Ich fahre gleich einmal bei ihr vorbei."

Über die Mainbrücke fuhr er von Astheim in die Altstadt von Volkach. Das Winzerstädtchen zeigte sich in der Morgensonne von seiner schönsten Seite. Am Gänseplatz klingelte er an der Tür. Als er durch das Portal ging, rempelte ihn ein jüngerer Mann an. „Tschuldigung!" Der ganz schwarz gekleidete Typ hatte die Kapuze seines Hoodies tief ins Gesicht gezogen. Den Rest des Gesichtes verdeckte die ebenfalls schwarze Gesichtsmaske und die Snapback Cap. Nach dem Rempler ging er flott weiter. Hatterer stieg die Treppe hoch in den ersten Stock. Es roch nach Amber Räucherstäbchen. Aus der Wohnung klang indische Musik. „Hallo, jemand da!" Persephone Maier kam barfuß aus einer Tür am Ende des langen Flurs. Sie trug eine bunte afrikanische Dashiki Tracht. „Ist das Ravi Shankar!" „Yep". Sie kennen Ravi Shankar? Ich höre ihn immer, wenn ich stoned bin!" Hatterer musste über die Offenheit der rothaarigen Frau schmunzeln. „Ich suche Vitaliy Shafranskiy. Kann es sein, dass er bei ihnen ist. Sagen sie es gleich, wir bekommen es sowieso heraus und dann gäbe es eine Anzeige wegen Falschaussage!" Die Frau gähnte und schmiss ihren Kopf in den Nacken. Ihre rote Mähne flog durch die Luft. „Wollen sie einen Kaffee? Ich habe gerade frischen gekocht. Kommen sie mit!" Hatterer sah zwei Kaffeetassen, zwei Teller und ein angebissenes Marmeladenbrötchen. „Er war da?" „Nehmen sie Kardamom zum Kaffee, das müssen sie probieren?" „Labbern sie nicht rum, er war da bei Ihnen. Sie sind doch liiert mit ihm!" Sie lachte. Langsam fragte sie, „was sagen sie?". Nach einer kurzen, weiteren Gähnpause dann: „Ja, sie müssten ihn eigentlich gesehen haben, als sie hochgingen." „Scheiße, der Typ mit dem schwarzen Kapuzenpulli, er hat mich angerempelt.

Können sie mal das Gedudel leiser machen. Was wollte er?" „Wir mögen uns, wie sie ja schon trefflich bemerkt hatten, er hat mich um Rat gefragt, was er machen soll! Ich habe ihm geraten sich zu stellen. Wollen sie nun Kardamom im Kaffee?"

Das Smartphone von Hatterer meldete sich. „Was gibt's Mathilda?" Sie erzählte, dass sie auf einer Überwachungskamera des Yachtclubs, einen Mann sah, der in der fraglichen Nacht aus dem Main stieg. Er war nackt und rannte Richtung Altstadt. „Mehr kann man nicht erkennen!" „Danke Mathilda, Frau Maier hat das schon bestätigt. Du musst eine Fahndung herausgeben. Schwarz gekleideter Mann um die 45 Jahre alt, 1,80 Meter groß, kräftig gebaut, spricht mit osteuropäischem Akzent. „Okay mache ich! Sag mal was läuft denn für eine komische Musik bei euch?" Lachend erklärte Hatterer was es für eine Musik ist. Mathilda meinte, dass sie nur Bahnhof versteht. „Sitar, was soll das sein, neues Rasierwasser oder was meinst du mit sauberem Klang? Egal, ich mach die Fahndung fertig!"

Ab heute durften die Gaststätteninnenräume in Bayern auch wieder öffnen. Hatterer fuhr zum Haxen Huber, setzte sich aber in den Biergarten am Main. Ein fünfzehn Meter langer Tisch war dort aufgebaut. Am Kopfende stand ein Schild mit der Aufschrift „Danke Hubert" und ein großes Smilie drauf. Wohl eine Anspielung an Bayerns Wirtschaftsminister der in einem Video umständlich erklärte was man in einem Biergarten in Corona Zeiten darf und was nicht. Wörtlich sagte Hubert Aiwanger: "Wenn sechs bis acht Leute, jeder mit seinem Kumpel kommt, dann kann der sich natürlich jeweils mit seinem Kumpel, der seine Bezugsperson ist, an einen Tisch setzen. Und mit 1,50 Abstand sitzt der nächste Kumpel mit seinem Kumpel. Aber die können nicht sechs mal zwei an einem Tisch sitzen, weil ja nicht mal die ersten Sechse an einem Tisch sitzen dürften. Also immer nur mit einer Bezugsperson oder mit einer Bezugsfamilie darf ich am Tisch sitzen. Und zu den anderen ist jeweils 1,50 Abstand zu halten. Das Beispiel ginge nur, wenn der Tisch irgendwo 15 Meter lang ist und dann im Abstand von 1,50 immer die Pärchen gegenübersitzen."

Er bestellte bei der jungen Bedienung im Dirndl, ein Holunderradler und Bratwürste mit Sauerkraut und Sauerteigbauernbrot. Schade, dass man wegen der Schutzmaske nicht viel vom Gesicht sah. Aber schöne Augen hat sie, stellte Hatterer fest. „Hat´s geschmeckt? Macht dann 12.80 Euro. Beleg?", Hatterer legte 15 Euro ins Körbchen. „Passt so!" Dann setzte er seine Schutzmaske auf und ging zu seinem Wagen. Im Autoradio dann die Meldung: „Bald 5 Jahre nach Bekanntwerden des Abgasskandal ist klar, VW muss betrogene Käufer entschädigen." Hatterer denkt, dass dies ein guter Tag für den Verbraucherschutz ist und eine klare Botschaft an die Konzerne, dass sie mit Tricksen und Betrügereien nicht durchkommen.

Fast zur gleichen Zeit auf dem Parkplatz eines Discounters an der Hauptstraße von Volkach stieg Vitaliy Shafranskiy in einen alten Mercedes Diesel ein. „Fahr los!" sagte er zur erschrockenen Fahrerin mittleren Alters. „Wenn du machst was ich sage, passiert dir nichts." Er fuchtelte mit einer alten Sig Sauer herum. „Wo wollen sie hin?" Die Frau hatte sich wieder im Griff und löste die Handbremse. Shafranskiy sagte zu der verdutzten Frau: „Nach Hause zu dir. Wo du wohnen?" „Ich wohne in Järkendorf, das kennen sie sicherlich nicht. Stecken sie die Pistole weg. Ich fahre sonst keinen Meter. Järkendorf liegt etwa 15 km entfernt von hier!" Jetzt fing die Frau zu zittern an. „Du brauchst Angst nicht haben. Ich dir nichts machen. Du kannst kochen Kaffee und wir essen Stück Kuchen. Ich rufe an Freund. Der holt mich ab." „Okay!" Sie fuhr auf die Hauptstraße und dann über Rimbach nach Järkendorf. Die Fahrt dauerte 20 Minuten. Unterwegs rief der Ukrainer bei Rolinger an, dass er ihn in Järkendorf abholen soll. „Wie heißt Straße?" „Antoniusstraße 3" stammelte die Frau mühsam hervor. „Hast du gehört!" „Ja, Antoniusstraße 3. Ich fahre gleich los."

Rolinger holte ihn nicht ab. Er war mit den Vorbereitungen zu seiner Flucht voll beschäftigt. Er rief bei der Kitzinger Polizei an und gab den Standort von Shafranskiy durch!" Shafranskiy wäre nicht Shafranskiy, wenn er nicht immer so misstrauisch wäre. Er hörte im Tonfall von Rolinger, dass was nicht stimmen kann und sagte zu der Frau, dass sie ihn nach Kitzingen fahren soll. Er gab ihr einen Fünfzig Euroschein. „Das sollte reichen und keine Polizei. Ich weiß wo du wohnst!! Weißt du wo Innopark ist? Da steige ich aus und du fährst zurück und niemand ist etwas passiert."

Auf der Rückfahrt von Volkach machte Hatterer Station in Schwarzach. Er kaufte sich in der neu eröffneten Apotheke am Marktplatz eine Packung Cetracin. Die ihn von den tränenden Augen seiner Gräser Allergie schützen sollte. Auch seine Nase lief. Im Autoradio die Urteilsentscheidung über einen Würzburger Logopäden, der jahrelang kleine Jungs missbrauchte, dass dann auch noch filmte und im Darknet verkaufte. 11 Jahre und 4 Monate. Die Eltern der Jungen waren entsetzt, wie die Reporterin in der Liveschalte erzählte.

Hatterer stellte sein in die Jahre gekommenes Fahrzeug ab. Rieb sich die Augen. Susanne Porzuck rief an. „Hatterer, ihr bekommt Verstärkung, damit die Sollstärke wieder passt." Hatterer neugierig, höflich und verschnupft. „Wer ist es denn, wenn ich fragen darf?" „Susanne Schwärzer, 20 Jahre und wie Mathilda eigentlich noch in der Ausbildung." „Was, noch ein Mädchen. Das kann doch nicht ihr Ernst sein. Habt ihr nicht einen gestandenen Polizisten für mich. Ich sag´s Ihnen gleich,

Überstunden mache ich keine mehr. Meinetwegen können sie mich rausschmeißen, ich find immer was! Und wenn ich Päckchen bei der Post ausfahre!" Er schäumte wie ein zu schnell eingeschenkter Champagner in der Sektflöte. Dann hörte er ein Räuspern am anderen Ende der Leitung. „Ich verstehe sie ja Hatterer. Eins muss ich aber noch dazu sagen, die junge Frau muss mit dem Asperger-Syndrom leben." Hatterer musste sich die Nase putzen. Seine Augen tränten immer noch. „Was soll das denn jetzt sein!" Hatterer stieg aus dem Auto und lief langsam in Richtung Dienststelle. Der Wind wehte heftig, die Gräserpollen flogen durch die Luft. Er musste permanent niesen. „Scheiss Allergie. Morgen lass ich mich krankschreiben!" „Hatterer wir brauchen sie. Passen sie mal auf. Ich erkläre es Ihnen in Kurzform. Das Asperger-Syndrom ist eine Form von Autismus. Menschen mit Asperger-Syndrom finden den Umgang mit anderen Menschen und den Aufbau von Beziehungen schwierig. Sie haben gute sprachliche Fähigkeiten, haben aber oft Schwierigkeiten mit den sozialen Aspekten der Kommunikation." Hatterer musste schon wieder niesen. Ein älteres Ehepaar wechselt erschrocken die Straßenseite. „Ich habe auch Asperger, aber in der Nase!" Er machte die Türe zur Wache auf und nieste quasi Peter Seltermann ins Gesicht, da dieser gerade in den verdienten Feierabend ging. „Pass doch auf Hatterer, wenn ich Corona krich, dann bist du schuld!!" „Sind sie noch dran?" röhrte Porzuck aus dem Smartphone! „Logo bin ich noch dran!" „Hatterer sie kennen doch die

126

Greta Thunberg die Umweltaktivistin, die hat auch das Asperger-Syndrom!" Hatterer erschrak und musste gleichzeitig niesen. „Um Gottes Willen, alles, bloß keine Greta!" Mathilda kam ihm im Laufschritt entgegen. „Du kannst gleich mitkommen! Hast du deine Waffe dabei. Wir haben einen Anruf bekommen mit einem Hinweis wo sich Vitaliy Shafranskiy gerade aufhält." „Scheiße, ich wollte Feierabend machen. Ich muss laufend niesen. Meine Gräser Allergie hat wieder begonnen." „Hast du keine Tabletten? Komm schon, das SEK ist ebenfalls verständigt."

Der Einsatz brachte nichts. Es war eine Luftnummer. Die Frau schimpfte wegen der zertrümmerten Türe. „Da sind wir wieder einmal ganz schön verarscht worden. Ich hasse es!!" Es wurde 21 Uhr bis Hatterer zu Hause war. Delcy war schon im Bett. Isabella war bei Felicitas eingeladen und Tante Petra war vor dem Fernseher eingeschlafen. Na Bravo.

Am Morgen im Auto bei Bavaria Blue die Meldung: „Kitzingen Corona frei!" Hatterer reißt sich die Gesichtsmaske runter.

Zur gleichen Zeit im ehemaligen Gartenschaugelände, stellen Mitarbeiter des Bauamtes kleine Häuser für den bevorstehenden Start in die Tourismus-Saison auf. Der Wohnmobilstellplatz wird am Pfingstsamstag wiedereröffnet und der Stadtschoppen startet ebenfalls wieder in nächster Zeit durch. Ein Team des Bauhofes repariert den in der Silvesternacht in Brand geratenen Stadtbalkon. Es ist einer der schönsten Plätze in Kitzingen. Mit toller Sicht auf die Altstadt. Besonders im Sonnenuntergang, sehr schön. Neudeutsch sagt man Instaspot dazu. Das Loch, in dem aus Tropenholzbrettern bestehenden Boden, soll geschlossen werden. Diffizile Handwerkskunst ist gefragt. In dem Loch steckt noch eine alte Wurzel die nicht entfernt werden konnte, da sie zu groß und zu tief sitzt. Beim Einsetzen des ersten Brettes bemerkte der Handwerker etwas Ungewöhnliches. Etwas metallisches in einer Plastiktüte. Es war eine Pistole ohne Magazin. Später wird sich herausstellen, dass sie einmal bei einem Banküberfall verwendet wurde, wegen dem damals gegen Rolinger ermittelt wurde. Man konnte ihm wie so oft nichts nachweisen.

Mathilda plagten derweil andere Probleme. Ihr einziger Sport-BH war in der Wäsche und die war im Keller ihres Vermieters eingesperrt. Irgendein Dödel hatte den Schlüssel herumgedreht und ihn mitgenommen. Das mit dem Joggen erledigte sich dann auch ziemlich schnell auf eine bekannte Art. Ihr neuer Chef rief an und teilte mit, dass sie zur Einführung ihrer neuen Kollegin vorbeischauen könnte. Sie wohnte ja nicht weit von der Dienststelle entfernt in einer Altbauwohnung in der Stadtmitte.

Sie hechelte die Stufen hinauf zu den Büros. Die Tür zum ersten Büro stand offen. Porzuck, Hatterer und die Neue standen mit genügend Aerosol Abstand zueinander, in einer Art Halbkreis herum. So, dann können wir ja beginnen, hörte sie mit einem leichten Klang von Vorwurf im Ton, die resolute Chefin. „Das ist eure neue Mitarbeiterin, Susi Schwärzer!" Erst jetzt sah Mathilda ein älteres Ehepaar in der rechten Ecke hinter der offenen Tür. Er im dunklen Anzug mit gedeckter Krawatte, sie mit einer Art Chanel Kostüm in pastellgrün mit weißen Kragenenden. Anscheinend die Eltern, dachte sie und nickte brav hinüber. „Prösterchen!" Viel später erfuhr Mathilda, dass Susi ein Waisenkind war. Ihre leiblichen Eltern waren bei einem Autounfall ums Leben gekommen, als sie ein Jahr alt war. Es klopfte, ein Bauhofmitarbeiter trat ohne zu warten ein. „Die Pistole habe ich im Gartenschaugelände gefunden!" Hatterer giftete ihn leicht gereizt von der Vorstellungsparty an, dass er die lieber liegen gelassen hätte. „Wir machen nur unseren Job und wollen fertig werden!" „Mathilda gehe mit dem jungen Mann mal zum Fundort und sichere ihn! Ich rufe zur Untersuchung die Spurensicherung an, damit die den Fundort genau untersuchen! Entschuldigen sie bitte, aber so ist das halt mal bei der Polizei. Nichts kann man planen," sagte er an die Eltern der jungen Frau gerichtet.

Der in ganz Orange gekleidete Mann knöpfte seine Softshelljacke auf und meinte trocken, dass sie da nichts mehr finden würden, das Loch sei zugenagelt. Aus der orangenen Latzhose zog er dann sein Smartphone hervor und zeigte darauf den Fundort. „Da war nichts weiter, nur die Plastiktüte mit der Knarre!" „Schicken sie mir bitte das Bild. Kann sein, dass wir die Bretter nochmal wegnehmen müssen. Ich schaue mir das dann mal auf dem Rechner an! Mathilda kannst du das übernehmen." Murrend ging der Mann mit zum Rechner. Mathilda war verschwunden.

Porzuck verabschiedete sich und auch die Stiefeltern der „Neuen".

Hatterer setzte Susi Schwärzer an den Rechner, schloss dann selber, das Smartphone des Bauhofmitarbeiters mit dem USB-Kabel an und schob die zwei Bilder rüber. Bittschön checken sie bitte mal, ob Ihnen was auffällt!" Er gab das Smartphone zurück. „Danke, sie können gehen! Sie haben alles richtig gemacht. Schönes Wochenende!"

 Mathilda kam wieder zurück von der Pipibox und Hatterer sagte zu ihr das er ihr unten im Keller was zeigen muss." Auf der Treppe griff er ihr von hinten an die Schulter und zog sie herum. „Die Susi leidet oder hat das Asperger-Syndrom, das wollte ich dir unbedingt noch sagen!" „Was hat die? Danke, dass du´s so diskret machst! Ich denke wir kriegen das hin! Oder?" Hatterer nickt.

In einer Meldung im Polizeitext stand um 11 Uhr folgendes: „Am Dienstagvormittag fand in einem Einfamilienhaus im südlichen Stadtgebiet von Gerolzhofen eine größere Aktion statt. Kurz vor 10 Uhr haben Kollegen mit einem Polizeihund im Beisein des Wohnungsbesitzers diverse Gegenstände, unter anderem Cannabispflanzen und selbst angebautes Marihuana, beschlagnahmt. Die Kollegen in Gerolzhofen führen nun noch weitere Ermittlungen durch. Weitere Details folgen. Hatterer musste lachen. „Des sind doch kleine Fische. Was machen die in Gerolzhofen für einen Scheiss! Ham die nix anderes zu tun als bedeutungslose Kiffer zu jagen? Mein Gott! Flachpfeifen.“

Susi wollte wissen was kleine Fische sind. „Mein Gott, ich dreh durch!“ „Jetzt schon?“ lachte Mathilda. „Ich habe hier auf dem Foto noch etwas entdeckt!“ sagte die neue Mitarbeiterin. „Zeig mal her!“ Susi deutete auf ein bläuliches Stück, das eingeklemmt, im hinteren rechten Eck der Wurzel zu sehen war. Arne Hatterer war genervt und rief die Spurensicherung an. Er schickte das Bild und als Antwort bekam er nach wenigen Minuten, dass dies wohl ein Magazin einer Pistole sein könnte, das in einer Plastiktüte eingepackt ist. Hatterer meinte dann, ob die Jungs das sehen oder vermuten. Das letztere war der Fall. Das Magazin an der Heckler&Koch 9mm fehlte ja. „Könnt ihr das selber aufmachen und rausholen?“ „Das müsst ihr schon selber machen.“

Am nächsten Morgen bekam Hatterer einen erbosten Anruf des neugewählten Oberbürgermeisters. Mit einer leicht lispelnden Stimme schimpfte er wegen dem Loch im Stadtbalkon. Am Samstag würde die Tourismus-Saison in Kitzingen starten. Alles war gerichtet und jetzt doch wieder rote Absperrbarken auf dem Freizeitgelände im Park. Hatterer sagte nur gelassen ob er keine anderen Sorgen hätte und verwies darauf, dass er einen Job zu erledigen hätte. Im Innersten gab er aber dem Oberbürgermeister recht. Die Jungs von der Spurensicherung hatten mit brachialer Gewalt am Stadtbalkon hantiert. Zudem haben sie zwei riesige Löcher in den Holzboden geschlagen, da sie beim ersten Loch nicht fündig wurden. „Abstimmungsfehler!" Jedenfalls sollten sie recht behalten in ihrer Einschätzung, dass es sich auf dem Foto um ein Pistolenmagazin handelte. „Alles sauber abgewischt!", bekam Hatterer zur Antwort auf die Frage, ob irgendwelche Spuren vorhanden wären. Ein paar winzige Fasern und zwei Haare hätten sie aber trotzdem gesichert. „Das reicht uns. Nächste Woche bekommst du die Analyse." Eingehängt.

Dann ein Anruf von der Direktion. Sie sollten zur Realschule fahren. Am dortigen Holzpavillon würde ein kleiner Drogendealer rumhängen. Beschreibung: Alte Jeans, zwei Ledergürtel mit silbernen Nieten, Sonnenbrille, schwarze Schutzmaske, etliche große Ringe an den Fingern. Sie teilten sich auf. Mathilda kam von rechts, Susanna von links und Hatterer kam direkt auf

132

ihn zu. Der Typ erkannte ziemlich schnell seine Situation, schmiss eine Plastiktüte unter die Sitzbank und machte sich auf in Susis Richtung davon zu laufen. Dann schlug er plötzlich einen Haken und wollte zwischen Hatterer und Susi Richtung Eisenbahnbrücke durchbrechen. Susi war aber zu schnell für den etwas korpulenten Mann. Sie trat ihn von hinten in die Füße. Der Mann stürzte. Sofort kniete Susi auf ihm. Ein Knie auf dem Rücken und ein Knie auf dem Hinterkopf. Der Mann schrie. Dann band sie seine Hände mit einem Kabelbinder zusammen und half ihm wieder auf die Füße. Alles ging rasend schnell. Hatterer kam angeschnauft und auch Mathilda war nicht mehr weit. Sie hatte die Tüte, mit dem in kleine Portionen abgepackten Stoff, dabei. Susi hatte den Mann fest im Griff. Der Mann jammerte etwas von Polizeiwillkür. Von Susi kein Wort. Sie streifte sich die Wolle der Pappeln, die jetzt im Frühsommer überall herumfliegt, von ihrer Kleidung. Die Beamten konnten bei dem Versuch etwas zu erfahren in der Vernehmung, seine Angst förmlich spüren. „Von wem bekommst du den Stoff zum verticken? Immerhin haben wir einiges an Pillen und verpacktem Haschisch bei dir gefunden!" Kein Wort. Paul Maria Löffler schwieg. „Gut, dann geht's ab nach Würzburg/Ost. Die Mengen sind zu groß um dich laufen zu lassen!" Mathilda musste an Seltermann denken, der sich bestimmt über den neuerlichen Nachschub freute.

Vitaliy Shafranskiy hatte sich in einem kleinen Streifen Wald, zwischen Innopark und der Neubausiedlung am Sommerleitenweg, provisorisch eingerichtet. Gut getarnt harrte er der Dinge. Sein Plan war das er in vier Tagen mit einem Autotransporter der Franconia Autoverwertung, die Autos in ganz Europa verkaufen und kaufen, in die Ukraine, seiner Heimat, zu fahren. Wenn es nur in die Slowakei oder Litauen gehen sollte wäre ihm das auch egal. Aus vielen osteuropäischen Ländern kommen die Autotransporter in den Innopark.

Vorher will er aber noch einmal Kasse machen und bei Rolinger abkassieren. Wie er das machen kann, wusste er noch nicht. Er braucht neue Klamotten, ein Handy, was zu Essen und eine warme Dusche. Von seinem Standort konnte er mindestens zehn Häuser beobachten. Er hoffte natürlich auf einen einfachen Bruch.

Seine Geduld wurde schon nach einem Tag belohnt. Ein älteres Ehepaar schien in Urlaub fahren zu wollen. In verschiedene Bundesländer konnte man ja schon wieder reisen. Die beiden packen unheimlich viel ein. Sechs Koffer hatte er gezählt und noch etliche andere Utensilien. Hinten stellte der Mann zwei E-Bikes in den Fahrradständer des Wohnmobils. Kurze Zeit später starteten die beiden durch. Er wartete eine Stunde, dann schlich er sich von hinten durch den Garten an die hintere Haustür. Es war kein Problem für ihn die Tür zu öffnen. Der erste Weg führte ihn in die Küche. Im Kühlschrank fand er zu seiner großen Enttäuschung außer ein paar verrunzelten Karotten, nur noch ein Glas Weißwurstsenf und drei geöffnete Marmeladengläser. Die Gläser waren gleich ausgelöffelt und ausgeschleckt. Im Vorratsschrank dann noch Kekse und Chips, die er in die mitgebrachte Plastiktüte steckte. Der ganze Keller ist voll mit Klopapier, Küchenrollen, Glühbirnen, Camping-Gas und Desinfektionsmittel. Dann die wohltuende Dusche. Die Klamotten des Hausherrn waren nicht nach seinem Geschmack. Chic fand er aber einen blauen Trainingsanzug mit drei weißen Streifen an der Seite. Systematisch durchsuchte er das Haus. Er fand nichts mehr was er gebrauchen konnte. Vom Festnetzanschluss des Hauses rief er zwei Nummern an. Bei Rolinger hatte er keinen Erfolg, aber Persephone Maier erreichte er. Die Heckler&Koch konnte sie nicht mehr aus dem Versteck holen, die er einige Tage vorher hinter der Wurzel im Stadtbalkon gebunkert hatte. Das Loch war mit neuen Brettern fachmännisch geschlossen worden. Shafranskiy konnte nicht wissen, dass der Stadtschoppen wiedereröffnet wurde und Bauarbeiter die Knarre längst bei der Polizei abgegeben hatten. Aber die Tasche in Rüdern kann sie vielleicht holen.

Nachdem er gestärkt und ein wenig ausgeruht war, ging er zu Rolingers Wohnung, der ihm aber nicht öffnete. Dann lief er wieder zurück um auf Sichtweite zum Discounter Parkplatz auf Perso zu warten.

Ihr gefiel es überhaupt nicht was sie für Vitaliy machen sollte. Es war aber die wahrscheinlich einzige Möglichkeit, Ruhe von ihm zu bekommen. Sie liebte ihn, aber im Moment musste sie sich erstmal ein wenig von dem ganzen Stress erholen. Sie wartete bis es dunkel wurde. Auf dem einsamen Parkplatz in Rüdern schlich sie sich an der von Shafranskiy angegebenen Stelle. Als sie die Rolle mit dem Stacheldraht wegzerrte, zog sie sich eine tiefe Wunde in der Mittelhand zu, die stark blutete. Ein Licht im nur wenige hundert Meter entfernten Forsthaus ging an. Ein Hund bellte. Nach zehn Minuten war wieder alles ruhig. Es kam ihr jedenfalls so vor. „Was machen sie da?" Sie hatte niemand kommen hören. Der Griff zu der Schaufel und der gezielte Schlag, aus einer schnellen Drehung, auf das Gesicht des Mannes, verschaffte ihr den Vorsprung den sie brauchte um wegzukommen. Vitaliys Tasche hatte sie sich umgehängt. Jetzt lief sie als wäre der Leibhaftige hinter ihr her. Die Straße zwischen Geesdorf und Wiesentheid war gesperrt. Sie musste den Umweg über Prichsenstadt fahren. Ihre Hände zitterten und konnten kaum das Lenkrad ruhig halten. Sie blutete und hatte große Angst. Sie steuerte das Auto wie ausgemacht auf den Parkplatz eines Discounters am Fuße des Frohnbergs in Kitzingen. Es dauerte nur wenige Minuten und Shafranskiy klopfte an ihr Fahrerfenster. Sie gab ihm die Tasche und er bemerkte, dass sie stark an der Hand blutete. „Hast du einen Verbandskasten? Hol ihn!" Es dauerte einige Zeit bis er sie fachmännisch verbunden hatte. Er wollte sich gerade verabschieden als Autoscheinwerfer ihn blendeten. Zwei Männer sprangen aus dem Fahrzeug das kurz vor ihnen angehalten hatte. Persephone stockte der Atem.

Tante Petra hatte, nachdem man wieder in einem Restaurant zum Essen gehen konnte, für die ganze Familie einen Tisch im Deutschen Haus reserviert. Sie hatte für alle gerupften Schweinebraten in Dunkelbiersoße mit Wedges bestellt, außer für den kleinen Delcy, der nur Wedges mit Ketchup bekam. Hatterer ließ sich dazu einen Silvaner Sulzfelder Maustal einschenken, herrlich. Auch Isabella schmeckte es vorzüglich.

Jakob Rolinger hatte derweil seine sämtlichen Konten geleert. Viel Geld hatte er bei Online Bezahldiensten hängen. Dazu hatte er sich zehn Kilogramm Feingold 900, zu je zehn kleinen Barren zu einem Kilo, gekauft. Sie waren handlich in einer Größe von 90x40x17mm in dunkler Folie eingeschweißt. Marktwert je nach Kurs zwischen 450.000 und 600.000 Euro. Also rund eine halbe Million. Er war, dank seines guten Anwalts, „noch" auf freiem Fuß. Er spürte aber förmlich wie sich die Schlinge zuzog. Er wusste, wenn Vitaliy Shafranskiy gefasst würde, dass dieser dann auspackt und er einfährt. Vor der Aussage von Marlene Rupisch hatte er noch größere Angst. Wieso ist die Polizei dahintergekommen, dass sie den Drogentransport überfallen wollten? Natürlich Rupisch, anscheinend hatte sie auch mit doppelten Karten gespielt. Alles fing damit an, dass Dürnberger Drogen abzwackte, dass ihn dann Shafranskiy gleich so erwischt, dass er stirbt. Scheiße, alles Scheiße. Für ihn gibt es nur eine Hoffnung, dass wie angekündigt Italien zum 3. Juni seine Grenzen wieder öffnet. Solange muss er untertauchen. Sein Plan war kompliziert, aber nicht unmöglich. In Marktbreit mietete er sich unter falschem Namen ein Wohnmobil und fuhr damit auf den Stellplatz in Dettelbach. Im Kitziblog hatte er gelesen, dass dort auch schon im Lockdown, Wohnmobile gestanden hätten und dass die Dettelbacher Stadtverwaltung nichts prüft bzw. kassiert und das höchstwahrscheinlich noch über Pfingsten hinaus. Er zahlte bar für sechs Tage, dann sollte es ab nach Bella Italia gehen. Ob mit dem Wohnmobil oder der Bahn wusste er noch nicht so genau. Er rief Viktor Samoilov an, ob der seine Harley in Marktbreit holen könnte, um sie bei ihm am Wällrieder Hof unterzustellen. „Den Schlüssel kannst du mir dann nach Dettelbach auf den Womoplatz bringen. Du machst es nicht umsonst. Es ist ein Kraus Wohnmobil mit blauen Streifen." Er wollte unter allen Umständen, die Schussfahrt nach unten wenden, seine Frist verlängern und nicht warten bis für ihn der Vorhang fällt.

Pfingstsamstag, Kitzingen wird mit Wohnmobilen geflutet. Der Wohnmobilplatz ist innerhalb einer Stunde voll. Die Deutschen müssen in Deutschland ihre Pfingstferien verbringen. Die Ferienspots laufen über.

Auf den Fernstraßen ist das Chaos ausgebrochen. Tante Petra war mit Isabella beim Einkaufen. Auf den kleinen Delcy passsten solange die Schlerets auf. Die Frau hatte Angst. Sie hat doch in der Zeitung mit den vier großen Buchstaben gelesen, dass man sich von Kindern anstecken könnte. Herbert beschwichtigte sie und versuchte ihr zu erklären, dass sie sich nur anstecken könnten, wenn in der Familie von Arne irgendjemand infiziert gewesen wäre. „Ich habe da schon meine Bedenken, der Arne kommt doch mit so vielen Menschen in Berührung. Wie leicht hat er dann des Corona, dann hats der Kleene doch auch gleich und dann haben wir es auch sofort und du weest ja, dass wir Risikopatienten wären in unserem Alter!" Herbert runzelte die Stirn und tanzte dabei mit dem kleinen Delcy und dachte nur für sich: „Lass sie babbel." Vom Disc Player tönte es „…Rufe Engel 07, hörte ich aus der Ferne Engel 07, die Zentrale der Sterne am Rand zur 4. Dimension…Delzy jauchzte und Renate Schleret ging derweil in den Garten um dort zu werkeln. Sie konnte ihren Herbert schon lange nicht mehr so richtig verstehen. „Aber Hauptsache ist doch, dass ihm das Zitronenmousse einmal in der Woche schmeckt." Zitronenmousse war die Lieblingssüßspeise von Herbert. Böse Zungen behaupten, dass die beiden nur noch deshalb zusammen wären.

Im ersten Moment dachte Shafranskiy, das ist jetzt das Ende und die beiden Bullen würden ihn in Handschellen abführen. Doch es waren keine Bullen. Es war eine ganz unerwartete Begegnung.

Der Holzboden am großen Stadtbalkon war wieder repariert als Arne mit Isabella am Pfingstsonntag ein Gläschen Wein beim „Stadtschoppen" im früheren Gartenschau Gelände schlürften. Arne guckte verdutzt als Isabella einen Würfelzucker aus ihrer Handtasche zauberte, ihn langsam aus der Papierverpackung schälte und in das Weinglas gleiten ließ. Dabei schaute sie Arne sehr sinnlich in die Augen. Sie schwenkte gekonnt das Glas bis sich der Zucker aufgelöst hatte und trank einen Schluck. „Euer Wein ist mir einfach zu sauer!" Arne fast ein wenig zu empört: „Der ist nicht sauer, der ist trocken, dry, Vino Secco verstehst du!" „Maga sein, ich maga keine Vine Secco!" Beide lachten und genossen den farbenprächtigen Sonnenuntergang an der Waterfront des Maines. Dann stellte Hatterer Isabella die alles entscheidende Frage, die er im Hinblick auf die zu erwartenden Reisefreiheiten- und Erleichterungen als für besonders dringlich erachtete. Ob sie es sich vorstellen kann über die Dauer des Lockdowns hinaus bei ihm und Delcy zu bleiben. „Bei dir, Delcy, Petra und den Schlerets divertidos. Ja, ich bleibe. Ich maga dich, das du weisst doch! Mich erwartet in La Palma niemand mehr. El Yayo ist tot. Ab und zu könnten wir hinfliegen um nach dem tamba zu schauen und zu beten. Okay. Hasta du gedacht wenn ich dich heirate, dass ich dann wieder nach Kanarische Insel gehe. Du musste mehr Vertraue in die Mensche haben und vor in mich."

Gebetet wird hingegen in Mineapolis nicht mehr. Im Autoradio bei Bavaria Blue: "Eine brennende Polizeiwache, geplünderte Geschäfte, Rufe nach Gerechtigkeit: Minneapolis kommt nicht zur Ruhe, nachdem dort ein Afroamerikaner bei einem brutalen Polizeieinsatz verstarb. US-Präsident Donald Trump heizte die Lage via Twitter weiter an. In Louisville, der größten Stadt des Bundesstaates Kentucky, ist dabei ein Fernsehteam während einer Live-Schalte von der Polizei angegriffen worden. Zuvor war in Minneapolis ein Team von Journalisten des Nachrichtensenders CNN während einer Live-Übertragung kurzzeitig festgenommen worden." Isabella meinte, dass es dort ganz schön rund ginge. „Ja die Fronten scheinen verhärtet zu sein. Ist ja bei uns in den Großstädten mittlerweile nicht viel anders!" meint Hatterer nachdenklich. Dann sagte sie noch einmal, weil beim ersten Mal Hatterer die Antwort schuldig blieb und über Minneapolis laberte. „Wieso?" fragte sie, „soll ich nicht hier in Deutschland bei dir bleiben und hast du vor ein paar Tagen nicht richtig zugehört, als ich zu dir sagte, dass ich dich heiraten möchte. Du biste so wie sagt man, unromantisch." Hatterer war jetzt richtig verlegen. Es war ihm sehr peinlich, dass er noch einmal nachgefragt hatte. Irgendwie kam es ihm jetzt so vor, als hätte er einen Vertrauensbruch begangen.

Shafranskiy unterdessen war erleichtert. Die beiden Männer, eigentlich war es ein alter Mann mit grauen Haaren und langem Bart und ein Junge von vielleicht 12 Jahren in kurzen Hosen, wollten nur ihre Stapel Wochenend-Anzeigenblätter und Werbeflyer abholen um sie zu sortieren und dann über dem Pfingstwochenende zu verteilen. „Könnten sie bitte ihr Auto ein Stück wegfahren damit wir zu unserem Material kommen!", bat der Alte. „No Problem! Just a Moment!" Shafranskiy und Persephone Maier waren erleichtert.

„Wo soll ich dich hinfahren!" fragte sie ihn. „Hast du alles? Meine Tasche, ein Handy mit einer neuen SIM-Karte? Ich gehe durch den Wald. Danke." „Ich habe dir auch was zu essen eingepackt und drei Flaschen Wasser sind auch dabei. Ich fahre dann. Good Luck!"

In seinem Versteck angekommen überlegte er scharf was zu tun ist. Dimitri Pronchenko und Vadim Balakin sind angeschossen worden und liegen irgendwo im Krankenhaus. Die sind außer Gefecht. Alexander Semenov, der Idiot ist tot. Bleibt nur noch Viktor Samoilov. Er schaute in seinem Notizbuch nach und tatsächlich hatte er die Handynummer von ihm dort aufgeschrieben.

Während sich die Unruhen in den Staaten mittlerweile auf fast alle größeren Städte der USA ausgeweitet haben, dockte die SpaceX Falcon 9 Rakete des Tesla

Herstellers und Raumfahrt Visionärs Elon Musk an der ISS an. Aber das interessierte jetzt Shafranskiy am allerwenigsten.

„Kannst du mir helfen!" Viktor Samoilov zögerte mit der Antwort. Nach einigen Sekunden fragte er dann, wobei er helfen sollte. Er war nicht begeistert, aber aus alter Freundschaft heraus, sagte er zu. „Morgen Mittag im Freizeitgelände. Da ist bei dem schönen Wetter so viel Betrieb, da fallen wir gar nicht auf. Bring ein paar Zigaretten mit!" „Wo und wann genau?", wollte Viktor wissen. „Ich habe erst ab 17 Uhr Zeit. Du weißt doch, ich habe noch einen Job!" Shafranskiy sagte ihm, dass er am dritten Stadtbalkon auf ihn warten werde.

Rolinger nutzte die Zeit, um seine Eigentumswohnung, sein Haus im Steigerwald und verschiedene andere Sachen zu verkaufen. Die Harley, die Victor im Wällrieder Hof unterstellen soll, wollte er über eBay versilbern. Weit unter dem Wert, aber alles in Cash. Die nötigen Notartermine hatte sein Anwalt für ihn klar machen können. Beziehungen und ein gutes Netzwerk sind halt alles. Am Dienstag nach Pfingsten soll alles über die Bühne gehen. Dann will er mit insgesamt zwei Millionen im Gepäck Richtung Süden davonfahren. Noch ist aber die Grenze geschlossen. In einer Hinterhof Autowerkstadt in Marktsteft lässt er sich drei Verstecke in das Wohnmobil einbauen. Im Spritzwasserbehälter wurde ein Container eingeschweißt, blaues Wasser mit viel Frostschutz drüber und alles ist unsichtbar. Das Autoradio wurde so präpariert das nichts elektronisches mehr drin war, nur noch ein Hohlraum. Das größte Versteck war der Feuerlöscher unter dem Fahrersitz. Das in die Jahre gekommene Wohnmobil würde wohl nicht auffallen. Er hatte sich extra für das älteste Model der angebotenen Fahrzeuge entschieden. Sein Outfit will er ebenfalls anpassen. Kurze Hose, Ledersandalen, weiße Socken mit rot-blauen Bündchen am Rand und ein weißes Sweatshirt waren geplant. Sein Äußeres hatte er auch komplett verändert. Glatze und Vollbart, den er sich schon seit vier Wochen wachsen ließ, lassen ihn viel älter erscheinen wie er überhaupt ist. Mit Wehmut dachte er an die Vorzüge von Marlene Rupisch zurück. Sie war eine absolute Könnerin im Bett. In Dettelbach wurde es ihm über Pfingsten zu voll. Über 60 Motor-Homes standen über Nacht auf dem Platz. Er mietete sich in einer Airbnb Wohnung in der Mainbernheimer Straße in Etwashausen ein. Buchung und Bezahlung ging alles online. Kein Mensch schöpfte Verdacht.

In seiner Mittagspause hatte Viktor Samoilov die Harley in Dettelbach abgeholt. Rolinger hatte ihm mitgeteilt, dass sie jetzt bei einem Schrauber in der Mainstockheimer Straße untergestellt ist und er sie dort abholen kann.

Auf dem Weg vom Stellplatz in der Tiefgarage am Main zur Dienststelle, traf Hatterer nach den Pfingstfeiertagen, seine gute Bekannte und Museumsleiterin Sandra

Adlerhorst. Auf die Frage von ihm, wie es denn so ginge, verzog sie zuerst das Gesicht und schaute dann betrüblich auf das Pflaster und sagte dabei: „Ich bin seit gestern krankgeschrieben und kann nicht mehr agieren. Ich bin offiziell noch bis 30.6. als Museumsleiterin eingestellt. Ich wehre mich zwar gegen die Kündigung, aber man wird mir ab 1.7. voraussichtlich den Zutritt zu meinem Arbeitsplatz verwehren. So jedenfalls ist es aktuell abzusehen. Ich habe einen guten Anwalt und werde vor Gericht ziehen. Wäre doch gelacht."

„Ich verstehe das Ganze nicht so ganz. Du hast so einen guten Job gemacht und jetzt wollen die dich aus welchen Gründen auch immer, nicht mehr. Schade um das schöne Museum! Ich muss weiter, viel Arbeit im Büro! Ich wünsche dir viel Glück!" „Ja danke, kann ich gebrauchen!"

Auf der Wache im Radio. Die Ausschreitungen in den USA forderten weitere Opfer. Er hoffte, dass in Deutschland nie ein Polizist so eine grausige Tat begeht. I can't breathe bringt die Staaten zum Beben. Viele Instagram User schwärzen einen Post #blacklivesmatter.

Irgendwie ist Hatterer schon ziemlich erbost, dass die Gangster Marlene so ausgenutzt hatten. Er macht sich aber auch Vorwürfe, dass er nichts gemerkt hatte. Durch seine neue Liebe, der Trennung von seiner Frau und das Gezerre um Delcy, war er sehr auf sich selber fokussiert.

Er hat nicht bemerkt wie einsam Marlene eigentlich war. Die Versetzung von Yogi nach München und die Einarbeitung von Mathilda trugen ein Übriges dazu bei, dass es wohl so gekommen ist. Er hoffte inständig, dass sie weiter als Polizistin Dienst tun durfte und wenn es nur bei den Streifenhörnchen wäre. Immerhin hatte sie rechtzeitig die Reißleine gezogen und mit ihrer Hilfe tappten die Verbrecher in die Falle. Der Tod des Russen wird wohl unter Notwehr verbucht werden können. Er will sich auf jeden Fall für sie einsetzen und alles was ihm möglich ist tun, damit Marlene nicht hart bestraft wird.

An der Pinnwand hingen jetzt alle Fotos der Ihnen bekannten Verbrecher. An erster Stelle Jakob Rolinger, dann Vitaliy Shafranskiy, Dimitri Pronchenko, Vadim Balakin, ~~Alexander Semenov~~. Bei Viktor Samoilov wussten sie nicht wie sie ihn einordnen sollten. Irgendwie gehörte er aber dazu. Hatterer zeigte auf die zwei Verletzten die in verschiedenen Krankenhäusern liegen. „Aus ihnen ist bis jetzt kein Wort heraus zu bekommen. Sie sagen nichts und die Ärzte sind auch nicht kooperativ. Was mit Viktor Samoilov los ist, weiß ich noch nicht. Kann sein, dass er gar nichts mit dem versuchten Überfall zu tun hat. Jakob Rolinger ist untergetaucht, ebenso Vitaliy Shafranskiy, den ich für besonders gefährlich halte. Ich denke, dass er mit Rolinger noch ein Hühnchen zu rupfen hat. Wir werden sehen. Im Moment können wir nur abwarten ob Fahndungserfolge zu verzeichnen sind. Die Kifferlady aus Volkach ist draußen. Sie hat mit der Nummer am Müllheizkraftwerk nichts zu tun. Weiter vermute ich, dass der Tod von Fred Dürnberger als Unfall mit Todesfolge hinausläuft. Bis jetzt können wir diesem Shafrinsky oder wie der heißt nicht viel beweisen. Für heute machen wir Feierabend. Bis morgen in alter Frische." Mathilda rutschte vom Tisch. Susi Schwärzer will nach Hause laufen. „Na gut, ich gehe nochmal schnell zu Seltermann in den Keller!" „Was willst du denn da?", fragte Hatterer erstaunt. Zu spät, die Tür fiel schon hinter ihr ins Schloss. Hatterer kramte seine Einkaufsliste aus seiner Jacke. „Hm, Brot, Käse, Wurst, fertig geschnittene Ananas, Spargel, aber nur den von der Spargeltante. Geht's noch. Bring doch selber welchen mit. Du arbeitest doch bei der Spargeltante!!", dachte Hatterer und ging die Treppe hinunter.

Susi Schwärzer sucht einen Mann. Allerdings findet sie menschliche Beziehungen oft höchst verwirrend und irrational. Daher entwickelt sie das New-Friend-Projekt. Dabei hat sie einen 17-seitigen Fragebogen zusammengestellt auf dem sie wissenschaftlich exakt den idealen Mann für sich finden möchte. Also keinen der raucht, trinkt, unpünktlich ist, einen Speckbauch hat oder keinen Sport treibt. Frage 57 lautet wie lange ist dein Penis im erigierten Zustand. Ja, sie nahm alles sehr genau und wollte auch alles genau wissen. Ansonsten aber empfanden die Kollegen sie im Umgang als sehr angenehm. Jetzt wollte sie nach der Arbeit einen Spaziergang im

Freizeitpark unternehmen. Hatterer und Mathilda befürchteten, dass ein Mann dahintersteckte. „Love is all you need", sagte Mathilda beim Hinausgehen aus der Dienststelle und biss in einen Schokoladencookie. Sie stand mittlerweile im täglichen Kontakt mit Yogi Weber. Irgendwie hatte sie sich in ihn verliebt und er auch in sie.

Staatsanwalt Yves Söder kam angewackelt. „Einen Augenblick meine Damen und der Herr, gehen wir bitte nochmal kurz zu mir ins Büro!" Susi Schwärzer schaute böse über ihre große Nickelbrille und sagte, dass sie jetzt aber Feierabend hätten und alle schon etwas geplant hätten. „Es dauert nicht lange, nur eine kleine Erinnerung." Hatterer hielt die Milchglastüre auf und der Staatsanwalt sagte im Hineingehen: „Ich muss sie ausdrücklich darauf hinweisen, dass ich in dem Fall um ihre Kollegin Marlene Rupisch unbedingt Ergebnisse brauche, die Presse schraubt gewaltig herum. Ich bitte sie, bringen sie mir im Laufe der Woche etwas Brauchbares, auch wenn es nur eine Spur ist." Hatterer schnaufte tief durch und sagte dann, dass sie ihr Bestes geben würden. Sie seien aber in der Dienststelle total unterbesetzt. „Es war wohl ein Gerangel und der Schuss löste sich." „Ja ich weiß, das leidige Thema. Aber ich meine das nicht mit dem tödlichen Schuss. Die Presse hakt darauf herum, dass ihre Kollegin den Gangstern, vor allem diesem Rolinger wertvolle Tipps gegeben haben soll. Also dann, schönen Feierabend. Sie machen das schon."

Hatterer zog die Augenbrauen hoch und meinte dann, dass ihre Chefin wahrscheinlich so eine Art Maulwurf war und ihnen dann die nötigen Hinweise gegeben hat, um die Verbrecher dingfest zu machen. Als der Staatsanwalt gegangen war, meinte Mathilda zu Hatterer gewandt, dass er sich mit dieser These aber sehr weit aus dem Fenster lehnen würde. „Es ist immerhin unsere Kollegin und ein bisschen Chorgeist ist bestimmt nicht verkehrt!"

Im Discounter gab es eine Kinderhüpfburg zum günstigen Preis. Dazu noch Wassereis am Stiel, es hatte schließlich 28 Grad im Schatten, verschiedene Jogurts für 29 Cent und billigen Kaffee. Seitdem Isabella mit im Haushalt war, brauchten sie doppelt so viel Kaffee wie üblich. Es kam ihm so vor als hätte er Rolinger mit zwei Feuerlöschern im Einkaufswagen gesehen. Er stand an einer anderen Kasse. Als er nach draußen ging, sah er nur noch ein Wohnmobil vom Parkplatz rollen. „Ich kann mich auch getäuscht haben!", dachte er im Stillen. Bei Bavaria Blue im Autoradio, Marvin Gaye - Heard It Through The Grapevine. Die Grapevine sind ja in der Nacht zum 12. Mai in Franken fast alle erfroren. Die hübscheste Ministerin Deutschlands, Bayerns Landwirtschaftsministerin Michaela Kaniber, machte sich ein Bild von den Auswirkungen des Frosts an der Vogelsburg bei Volkach und versprach den Winzern schnelle weitgehende Hilfe, so der Sender. Dann noch die traurige Meldung, dass Verpackungskünstler

Christo mit 84 Jahren in New York verstorben ist. „Jetzt verpackt er die Wolken. Es gibt halt immer was"! dachte Hatterer während des nächsten Liedes. Es kam der uralte Klassiker von Santana „Soul Sacrifice". Arne wippte mit dem Kopf und stellte die Musik lauter.

„Bist du Mio?" fragte Susi einen jungen, schüchtern dreinblickenden jungen Mann. „Und du bist Susi?" „Hast du den Fragebogen ausgefüllt!" Mio lacht, „hier, bitteschön. Es sind schon komische Fragen dabei!" „Findest du, wollen wir uns setzen?" Mio hatte griechische Vorfahren und hieß eigentlich Miltiades und mit Nachnahmen Anastassopoulos ein richtiger Zungenbrecher. Seine Eltern, die in zweiter Generation schon Deutschgriechen sind, haben den Namen auf Poulus geändert und so heißt er jetzt Mio Poulus. Er fragte Susi wie sie auf ihn gekommen ist. Die ihm dann einfach und direkt sagte, dass sie ihn in Instagood gesehen hatte und seine Bilder dort von ihm hätten ihr so gut gefallen. „Und darum dann der Fragebogen? Du bist vielleicht drauf. Irgendwie finde ich dich aber schon cool. Die Aktion hat mir gut gefallen. Mal was anderes." Er legte seinen Arm um sie und dann gingen sie ein paar Meter. „Komm lass uns auf die große weiße Bank setzen!" Es waren wirklich große Sitzmöbel. Die stammten noch aus der Zeit, als in Kitzingen die kleine Gartenschau abgehalten wurde. Trotz ihrer zehn Jahre, die sie schon auf dem Buckel hatten, konnte man noch richtig gemütlich ausgestreckt darauf sitzen. Susi legte ihren Kopf auf die

kräftige Brust des jungen Mannes. „Ich mag dich!"
Plötzlich schreckte Susi auf. Genau vor ihr gingen zwei
Männer vorbei, deren Profil sie vorher auf der Pinnwand
im Dienstzimmer auf der Wache gesehen hatte. Es waren Vitaliy Shafranskiy und Viktor Samoilov. Sie nahm
ihr Handy und versuchte auf der Wache jemanden zu
erreichen. Dann tippte sie auf die Kurzwahltaste von
Hatterer um ihn um Rat zu fragen, bzw. ihn zu verständigen. Der im Schlafzimmer gerade herausfand, was er
schon auf La Palma so sehr an seiner Freundin und fast
Ehefrau so schätzte. Die Minuten verrannen und es kam
Susi wie eine kleine Ewigkeit vor. Seltermann meldete
sich.

Sie hatte die beiden im Blick und erklärte den Sachver-
halt kurz und präzise. Mio wollte sie was fragen, sie
wehrte mit den Worten ab „jetzt nicht!". Mio verwirrte
ihr Verhalten. Er wusste ja nicht, dass Susi eine Polizei-
anwärterin war. Dann, es dauerte ihr viel zu lange, hörte
man zwei Polizeisirenen. Über die neue Mainbrücke,
nur wenige hundert Meter vom Freizeitzentrum entfernt, sah sie, sich schnell bewegende Blaulichter.
Shafranskiy und Samoilov spitzten die Ohren und waren
in wenigen Augenblicken schnellen Schrittes in der
Menge verschwunden. Susi wollte hinterher, doch Mio
hielt sie fest. „Was ist eigentlich los?" Er hatte natürlich
mitbekommen, dass Susi auf der Polizeiwache angerufen hatte. „Später, lass mich los". Sie rannte los, sah aber
nur noch eine Harley durch einen kleinen Fußweg am

Rödelbach mit lautem Blubbern davonbrausen. Auf dem Parkplatz gab sie sich den beiden Streifenbesatzungen zu erkennen. „Sie sind da hinten hinausgefahren!" Sie deutete auf den Fußweg.

Mit hohem Tempo fuhr Shafranskiy durch die Mainbernheimer Straße. Auf dem Balkon seines gemieteten Apartments stand Rolinger, aufmerksam geworden durch die Martinshörner. Er sah Shafranskiy und Samoilov unten vorbeiblasen. Der Klang seiner Harley Dyna Low Rider ließ sein Herz höherschlagen. Shafranskiy und Samoilov hatten ebenfalls leicht erhöhten Pulsschlag. Die Beiden konnten Rolinger aber nicht sehen.

Shafranskiy war in seiner Nachbarschaft nicht untätig gewesen. Er schloss am Morgen noch Bekanntschaft mit einem jungen Mann, der am Col de Horse, wie die Obere Pferdestraße im Volksmund auch genannt wird, wohnt. Der junge Mann hatte ein Haus, das er von seinem Vater geerbt hatte, großzügig umgebaut und bei Shafranskiy damit angegeben. Dieser zeigte sich interessiert und Bernie Zille hatte ihn daraufhin eingeladen.

Sie stiegen vom Motorrad, schoben es in die großzügig gebaute Garage und gingen über den Hintereingang die Treppe hinauf zum Haus. Dieses lag an einem Hang und die Außenanlage fiel unter die Kategorie „Gärten des Grauens". Oben angekommen trauten beide ihren

Augen nicht, als sie den großangelegten Swimmingpool sahen. Zille, augenscheinlich ein Vorstadtplayboy, hatte drei junge Ladys um sich herumsitzen. Alle braungebrannt und in knappen Bikinis. Shafranskiy und Samoilov lief jetzt schon das Wasser im Mund zusammen. Aber nicht nur das. Shafranskiy checkte die Lage und stellte fest, dass es keine direkten Nachbarn gibt. Ein Plan reifte in seinem dunklen Gehirn während er teuren Rotwein durch seine trockene Kehle laufen ließ.

Susi Schwärzer hingegen kritisierte mit deutlichen Worten, wieso die Kollegen mit Martinshorn angerückt waren. „Zum Glück habe ich mit dem Smartphone ein Foto von den Beiden gemacht!" Hatterer war immer noch nicht zu erreichen. Dafür kam Mathilda mit ihrem Velo Solex angefahren. Die neugierige Menschenmenge verflüchtigte sich so langsam. Es gab nichts zu sehen. Nur Mio stand einsam auf dem Parkplatz, die Hände in den Taschen und einen fragenden Blick im Gesicht. „Ist das der Auserwählte?", fragte Mathilda. Susi zeigte keine Regung. Mathilda ging zu Mio und erklärte kurz was gerade passierte und was mit Susi los ist. Dann fragte sie ihn, ob ihm etwas aufgefallen ist. Erstaunlicherweise konnte er eine sehr detaillierte Beschreibung der beiden Gesuchten abgeben. Was aber nicht so wichtig war, da Susi ja alles fotografiert hat, wie sie trocken erklärte. Dachte sie zumindest. „Es waren Shafranskiy und Samoilov!" Kommt mit ins Büro, Bilder hochladen und Protokoll schreiben, das kann nicht bis morgen warten.

Die Bilder auf Susis Billighandy waren verschwommen und nicht zu gebrauchen. Gut, dass sie die genaue Beschreibung von Mio hatten. Mathilda schrieb das Protokoll. Man merkte Susi an, dass sie wegen der verschwommenen Bilder, sauer war.

„Sehen wir uns wieder?", fragte der gutaussehende Junge. Susi antwortete mit einem trockenen," ja". Als Mio gegangen war, sagte Mathilda zu ihr, dass sie ruhig ein bisschen netter zu ihm hätte sein können. Hatterer ruft an. Susi nimmt ab und erzählt alles. Mathilda sagt dann zu ihm, dass er jetzt nicht mehr zu kommen braucht. „Machen wir morgen im Büro, schönen Abend Boss!" Zu Hause schreibt Susi eine Mail mit folgendem Text: „Du bist wunderbar… einzigartig - traumhaft – originell – unverwechselbar- einmalig - spitze – toll - simply the best – super- phänomenal – bewundernswert – außergewöhnlich – bombig - brillant – aufregend – mitreißend – grandios – großartig – erstklassig – sensationell – märchenhaft – sexy – zauberhaft – fantastisch – cool – liebenswürdig – überwältigend – herrlich - hervorragend – witzig – amüsant – genial – perfekt… einfach ganz besonders.   Du hast mich angesehen, als sei ich einzigartig. Danke! Dich finde ich klug, stark und du kannst wahrscheinlich alles, was wichtig ist für ein liebevolles Leben. Du bist für mich der allerschönste Mann, den ich küssen werde. Ich halte dich für einen guten und großartigen Menschen. Sind Deine Seele, dein Wesen, deine Prinzipien bereit für Liebe und Güte?

Shafranskiy und Samoilov ließen es sich bei Bernie gut gehen. Um in den Pool zu springen brauchten sie keine Badehosen. Es kamen dann noch mehr Mädels. Angelockt von den Handyfotos der anwesenden Ladys die nicht lange brauchten um auf Instagood zu landen, machten sie sich über die muskulösen „Russkies" her. Den beiden gefiel es sehr gut und auch Bernie hatte seinen Spaß. Nach zwei Stunden war dann alles vorbei. Es war mittlerweile 22 Uhr und nach einem prächtigen Sonnenuntergang ging es zurück ins Haus. Auch die meisten der jungen Frauen zogen befriedigt ab. Ob nach Hause oder woanders hin. Nur Bernies feste Freundin war noch da. Shafranskiy und Samoilov hatten längst einen Plan geschmiedet, wie sie aus dieser Situation gestärkt herauskommen könnten, wenn das klappen sollte, was sie vorhatten.

Hatterer kam früher als sonst ins Büro. Er war aufgeregt und etwas nervös. Was sollte er der Porzuck sagen? Ihm fiel nichts ein. Um 8 Uhr kam Mathilda ins Büro und erzählte so gut sie konnte nochmal die ganzen Ereignisse des gestrigen Abends. Dabei musste sie ein paarmal überlegen. „Du sagst, sie sind mit einem Motorrad entkommen?" Mathilda hängte ihre grobgestrickte Jacke an einen Kleiderhaken an die provisorische Garderobe. Morgens war es doch noch sehr frisch. „Laut der Zeugenaussage von Mio Poulus soll es sich um eine Harley gehandelt haben, jedenfalls klang sie so!" Hatterer grübelte ein wenig. Er langte sich mit dem

Zeigefinger der rechten Hand rückwärts an die Stirn. Das machte er immer so, wenn er nachdachte. „Der Rolinger hat doch auch eine Harley, oder täusche ich mich da? Kannst du bitte einmal nachsehen! Kann es sein, dass der auch im Park war. Mir war gestern so beim Einkaufen im Discounter, als hätte ich ihn dort gesehen. Er hatte zwei Feuerlöscher im Einkaufwagen, die er an der Kasse, drei Reihen neben mir bezahlte. Es ging alles so schnell. Ich sah dann nur noch ein älteres Wohnmobil vom Parkplatz rollen. Im Moment können wir sowieso nichts gegen ihn unternehmen!" Die Tür geht auf. Susi kam herein und meinte, dass sie die Zeit die sie gestern länger Dienst tat, heute Morgen gleich von ihrer Arbeitszeit abgezogen hätte, damit alles wieder seine Ordnung hat. Mathilda und Hatterer schmunzelten „Ich kenne das mit den Täuschungen und dem Glauben jemand gesehen zu haben. Das ist die Nummer des Motorrades von Rolinger". Mathilda reichte den Zettel zu Hatterer.

Die Reisebeschränkungen für 29 europäische Länder wurden aufgehoben. Auch Rolinger hat es in den Nachrichten gehört. Morgen will er aufbrechen. Er braucht noch den neuen Pass, den er sich für viel Geld im Darknet, bestellt hatte. Aber der Dokumentenfälscher meldet sich nicht. Er bekommt einen Anruf. Es ist Viktor Samoilov der ihn fragt, wo er denn wohnt. Auf dem Wohnmobilstellplatz in Dettelbach habe er ihn nicht gefunden. „Sag mal wollt ihr mich verarschen, ihr zwei

Pappnasen. Ich habe dich mit Shafranskiy auf meinem Motorrad gesehen. Du hast mich nicht in Dettelbach gesucht. Wenn du in Frieden weiterleben willst, dann stell die Harley da ab, wo ich es dir gesagt habe." Viktor Samoilov gab keine Antwort und drückte das Gespräch weg.

Shafranskiy hatte mitgehört. „Wenn es stimmt, dass er uns gesehen hat, dann wahrscheinlich in der Straße durch die wir geflüchtet sind. Kann sein durch ein Autofenster. Das wäre mir aber aufgefallen. Was machen wir mit Bernie und seiner Tussi?? Wieviel Kohle hat er uns jetzt gegeben?" Samoilov war noch mit dem Zählen beschäftigt. „Es werden wohl so um die 75.000 Euro sein." „Und die hat der Spast so in seinem Safe liegen!"

Um 24 Uhr in der Nacht hatten sie Bernie und seine Freundin auf etwas unsanfte Art aus den Betten geworfen. Als erstes bekam Bernie etwas auf die Nase. Sein Aufschrei ging durch Mark und Bein. Beeindruckte die Beiden aber in keiner Weise. Auch Geraldine seine Freundin und Geliebte schrie und schrie, bis Shafranskiy ihr ins Gesicht schlug. Er schob sie grob in einen Sessel. Ihre ausgeprägten weiblichen Attribute kamen dabei ganz schön in Bewegung. Er wurde bei dem Anblick geil, konnte sich aber beherrschen. Gevögelt hatten sie vorher, trotz Corona Zeit genug. Die jungen Frauen waren richtig ausgehungert nach Sex gewesen. Samoilov hob die Brille Shafranskiys auf, die ihm

Geraldine in ihrem Tobsuchtsanfall der Angst, vom Gesicht geschlagen hatte und gab sie ihm. Mit Kabelbindern fesselten sie dann die aufgebrachte Frau. Sie hatte mehr Mumm als die beiden gedacht hatten. Während Bernie wimmernd in einer Ecke des Schlafzimmers saß und sich seine blutende Nase mit einem Stück von einer Küchenrolle abtupfte, beschimpfte Geraldine die beiden auf das Übelste. Mit den Beschimpfungen hörte es erst auf, als Samoilv einen an der Wand hängenden roten Silikon Ballknebel abnahm und ihr das Sexspielzeug um den Mund schnallte. „Steht dir gut. Sei froh, dass ich dir nichts anderes ins Maul stecke." „Jetzt zu dir Bernie!", Shafranskiy gab ihm einen Tritt in die Rippen. „Wo ist die Kohle und verarsch uns nicht!" Bernie wimmerte, er war ein Schlappschwanz. Während sich Geraldine auf dem Boden hin und her schlängelte und komische Laute von sich gab, jammerte er vor sich hin. Die beiden Gangster packten dann Geraldine, hoben sie zusammen auf den Stuhl und banden sie mit dem Bademantelgürtel fest. Bernie wollte abhauen. Eine Vase traf ihn im Rücken, er fiel zu Boden. Shafranskiy trat dem Gestürzten auf dessen Gesicht und drückte es nach unten. „Steh auf. Was machen wir jetzt mit dir?" Mit der Sig Sauer an der Schläfe wurde seine Hose nass. „Bitte, drück nicht ab. Bitte nicht. Ich gebe euch alles was ich habe!" „Geht doch!" „Nur Bares, lass den Schmuck und die Goldmünzen drin. Hält uns nur auf." Nachdem sie den Tresor geleert und Bernie „verstaut" hatten, nahmen sie noch genüsslich ein Bad im großen Whirlpool. „Vergiss die

Handys nicht!" Mittlerweile war es schon 3 Uhr und die beiden kaltblütigen Typen hatten die Nerven sich nochmal für fünf Stunden schlafen zu legen bevor sie um 8 Uhr frühstückten und Rolinger anriefen. Sie kamen zum Entschluss, sich erst einmal an Bernies Kleiderschrank, neu einzukleiden. Dann mit einem Auto von Bernie nach Etwashausen zu fahren, um entlang der Mainbernheimer Straße nach einem Wohnmobil Ausschau zu halten. Sie entschieden sich für das kleinste Auto das Bernie in seiner großen Garage stehen hatte, einer kleinen schwarzen Limousine.

Shafranskiy und Samoilov kannten sich schon seit ihrer Kindheit. Sie stammten aus Tscherniwzi, dem früheren Czernowitz in der Süd-Westukraine, im Dreiländereck zwischen Rumänien, Moldawien und Ukraine gelegen. Es ist die traditionelle Hauptstadt der Bukowina, früher die östlichste Stadt des ehemaligen Habsburger Reiches. Vom damaligen Glanz dieser Zeit, war in ihrer Jugendzeit nichts mehr zu verspüren. Im August 1991, da waren die beiden 11 und 12 Jahre alt, proklamierte das Parlament der damaligen Ukrainischen Sowjetrepublik die Unabhängigkeit des Landes. 90% der Bevölkerung stimmten dem Referendum zu. Als die beiden in den Mitzwanzigern waren, erlebten sie die „Orangene Revolution", die aber auch nicht viel an der Armut der Menschen im Lande änderte. Korruption und Machtmissbrauch waren an der Tagesordnung. Ohne gute Ausbildung und in Ermangelung an Jobs, wechselten sie in dieser Zeit zur dunklen Seite der Macht. Zuerst als Chauffeure für rumänische und ungarische Prostituierte, die in Deutschland ihr Glück versuchten. Sie verdienten gut dabei, wurden aber geldgierig und bekamen gut bezahlte Jobs als Schleuser und Drogenkuriere. Ab und zu hatten sie auch gestohlene Waffen im Gepäck. Zwanzigachtzehn trennten sich ihre gemeinsamen Wege. Viktor Samoilov wurde Facility Manager am Wällrieder Hof. Er stand eigentlich nur noch für gelegentliche kleinere Jobs zur Verfügung und Shafranskiy lernte Rolinger kennen. Ein Großteil seines irgendwie doch hart verdienten Geldes hatte er, wie Rolinger sagte, bei cleveren Anlagen, die sich im Laufe der Zeit verdoppeln sollten, angelegt. Nach Shafranskiys Berechnungen müssten das jetzt etwa 120K Euro sein. Er träumte von einem Leben in seiner Heimat. In Uschhorod der Hauptstadt Transkarpatiens im Dreiländereck zwischen Ungarn, der Slowakei und der Ukraine, direkt an der slowakischen Grenze. Über 100 000 Einwohner zählt die Stadt und ist Sitz eines griechisch-katholischen Bistums. Den ganzen Sommer über blühen entlang des Flusses Usch die Bäume der längsten Lindenallee Europas. Die dann eine beliebte Flaniermeile für Jung und Alt darstellt. Hier wollte er eine Kneipe eröffnen mit live Saxophon beim Dinner, so wie er es einmal im Kino gesehen hatte. Dazu viel Gorilka, der ukrainische Wodka. Schon oft hatte er sich im Geiste ausgemalt was auf der Speisekarte stehen würde: Ukrainische Spezialitäten wie Borschtsch, gefüllte Wareniki und Kulisch, das altertümliche ukrainische Gericht, der Saporoger Kosaken. Er musste Rolinger finden und ihm das Geld, sein Geld abnehmen.

Ausgerechnet heute fuhr Hatterer mit dem Mountain-Bike ins Büro, dabei erwischte ihn kurz vor Kitzingen ein Regenschauer. Plötzlich spürte er die Nässe im Nacken, er hatte kein Schutzblech montiert. Es wurde unangenehm. Patschnass betrat er die Dienststelle. Lothar Müller der Leiter der Kitzinger Streifenhörnchen musste herzhaft lachen als Hatterer über die Schwelle trat. „Du siehst ja aus wie ein begossener Pudel. Komm mit in die Umkleide, da kannst du dir frische Klamotten von Peter Seltermann geben lassen." Während er sich umzieht kam im Radio die Meldung: „In Göttingen ist die Zahl der Corona-Infizierten nach Angaben der Stadt inzwischen auf 105 Personen gestiegen. Das Virus hatte sich infolge von Familienfeiern bei einem muslimischen Zuckerfest, dem Ende des Ramadans, verbreitet. Knapp 220 Menschen seien als Kontaktpersonen ersten Grades in Quarantäne, so die Göttinger Stadtverwaltung. Um eine weitere Ausbreitung des Coronavirus einzudämmen, schränkt die Stadt das öffentliche Leben in Teilen wieder ein. Vereine, die Mannschafts- oder Kontaktsportarten betreiben, müssen den Betrieb einstellen. Denn viele Kontaktpersonen sind nach Angaben der Stadt in den Vereinen aktiv. Zudem darf ein Freibad nicht mehr öffnen, weil dort ein Mitarbeiter positiv auf das Corona-Virus getestet wurde." „Schöne Scheiße!

Die geben sich den Lockerungen einfach so hin," dachte Hatterer und schaute in den Spiegel. „Die dunkelblaue Uniform steht mir gut! Schnell noch das Gesicht säubern", dachte er.

„Wie siehst du denn aus?" Mathilda musste lachen und auch auf Susis Gesicht zeichnete sich ein kleines Lächeln ab. „Scheiß Regen! Einmal wenn man mit dem Mountain-Bike fährt, dann muss es regen. Scheißdreck!" „Hast du nicht den Wetterbericht im Fernsehen gesehen. Es soll noch mehr regnen in den nächsten Tagen! Die Bauern und Winzer freuen sich und der Natur tuts gut." Hatterer hatte vergessen, dass sich die Polizeipräsidentin schon wieder angesagt hatte. Dann ging die Tür auch schon auf und sie stand da in ihrer kompletten Dominanz: „Wie sehen sie denn aus Hatterer? Sparte gewechselt? Domestizierung gelungen würde ich mal sagen. Sie schaffen es immer wieder aufs Neue mich zu überraschen!" Ein Lachen zog über ihr Gesicht. „Lassen sie mich erklären!" „Nicht nötig. Wie weit seid ihr mit den Ermittlungen? Gibt es etwas das ich wissen muss?" Mathilda fing an zu erklären. „Susi hat bei einem Date, Shafranskiy und Samoilov im Park durch Zufall entdeckt. Die herbeigerufenen Kollegen des Streifendienstes hätten es aber versäumt geräuschlos zum Ort des Geschehens zu fahren, sodass die beiden Gangster unbehelligt entkommen konnten. „Schöne Scheiße, entschuldigen sie bitte den Ausdruck, ich muss sofort Lothar Müller sprechen! Hatterer sie haben nichts dazu zu sagen. Wo waren sie überhaupt?" Hatterer versuchte sich zu rechtfertigen, als auch schon Lothar Müller die Treppe herauf gestürmt kam und ohne zu klopfen eintrat!" „Was gibt's so dringendes?" Der erste Satz den Hatterer heraus polterte. „Sagen sie mal Müller, wissen ihre Beamten nicht die einfachsten Regeln, wenn man sich Verdächtigen nähert!" Müller, der nie eine Krawatte trägt, krempelte sich langsam die Ärmel hoch. Dann holte er tief Luft und fing leicht erregt an sich zu rechtfertigen und seine Kollegen in Schutz zu nehmen. Irgendwie leuchtete es ein, als er verschiedene Sachen aufzählte. Unter anderem den Umstand, dass seine Kollegen die junge Nachwuchspolizistin Susi, er wisse jetzt nicht einmal ihren Nachnamen, nicht kannten. „Uns wird ja niemand vorgestellt. Die Meldung von ihr war völlig unvollständig. Hier sind zwei Verbrecher. Was soll das heißen, sie hatte sich nicht einmal richtig als Polizistin vorgestellt. Wahrscheinlich war sie zu lange in Quarantäne!" „Nicht unverschämt werden, aber mit dem Vorstellen haben sie recht. Hatterer, das haben sie verbockt." Jetzt knallten bei Hatterer die Sicherungen durch. „Wann hätte ich das machen sollen. Am Morgen wurde ich als Inspektionschef von Ihnen vergattert, fünf Minuten später sagten sie mir, dass Susi als neue Mitarbeiterin kommt und sie am Asperger-Syndrom leidet. Weder Mathilda noch ich wussten, was es mit dieser Krankheit auf sich hat. Jetzt kommen sie daher und blasen sich auf…". Susi fing das heulen an und rannte aus dem Büro. Mathilda hinterher. Porzuck sagte dann nur, was Hatterer jetzt schon wieder angestellt hat und ging grußlos zur Tür hinaus. Müller sagte zu Hatterer, dass es hier immer beschissener wird und er bald keinen Bock mehr hätte. „Meinst du ich habe noch Bock auf den Dreck hier!" schrie ihm Hatterer nach. Mathilda kam mit Susi wieder zur Türe herein. „Irrenhaus!" schrie Hatterer. „Jetzt halt mal die Luft an und mach wegen so einer Kleinigkeit nicht so eine Welle." Dann meldete sich Susi mit verheulten Augen zu Wort: „Nehmt mich so wie ich bin. Bitte nehmt auf meine Krankheit keine Rücksicht und ihr könnt versichert sein, dass ich mein Bestes gebe." Sie schaute bei ihrer schluchzenden Ansage die ganze Zeit auf den Boden. Mathilda stieß Hatterer mit ihrem Ellenbogen in die Seite zum Zeichen, dass er jetzt dran ist. Er hat es kapiert und nahm Susi in die Arme und sagte zu ihr, dass er es verstanden hatte. „Wir stellen alles nochmal auf null, okay!" Mathilda klatschte vor Freude.

Als die schwarze Limousine auf dem hinteren, behelfsmäßigen Parkplatz am Bleichwasen in Etwashausen anhielt, stiegen zwei skurril gekleidete Gestalten aus dem Auto. Bernie, der ebenfalls ein guter Kunde von Eduard Gersteg war, trug meistens sehr bunte Kleidung eines jungen polnischen Designers, der sehr eng mit Eduard Gersteg zusammenarbeitet. Beide sind gut durch den Lockdown gekommen. Auch dank vieler zahlungskräftiger Kunden wie zum Beispiel Bernie Zille. Jedenfalls liefen die beiden jetzt in diesen schrillen Outfits durch

164

die Gärtnervorstadt von Kitzingen. Den schwarzen Boombang–Anzug mit den bunten Sprachblasen mit den Worten wie bämm, wozer oder blob trug Vitaliy Shafranskiy. Am trüben Morgen sah das Outfit noch nicht so bunt aus, wie jetzt im Sonnenschein am Mittag. Der Regen hatte sich verzogen. Da passte dann auch das gelbe Sweetshirt mit dem großen bunten Papagei darauf, dass sich Viktor Samoilov übergezogen hatte. Dazu blütenweise Jeans und gelbe Sneakers. Beide mit dunklen, verspiegelten Sonnenbrillen und Mundschutz aus schwarzem Stoff. Als Kopfbedeckung trugen sie schwarze Caps. „Wann wollen wir die Freundinnen benachrichtigen, damit sie Bernie und seine Fotze befreien können?" Fragte Samoilov seinen Gangsterkollegen. „Hat Zeit! Lass uns jetzt erst Rolinger finden!" An einem Haus lehnte eine Leiter. Eine Dachdeckerfirma checkte dabei die gelockerten Ziegel. „Darf ich mal hochkommen?", rief Vitaliy hinauf. „Pass aber auf!", war die Antwort. Samoilov steckte sich eine Zigarette an und wartete unten. Die Maske hatte er dabei abgesetzt, was sich im Nachhinein als schwerer Fehler herausstellte.

Hatterer und Mathilda fuhren ins Gewerbegebiet Würzburg/Ost um im dortigen Gefängniskrankenhaus Dimitri Pronchenko und Vadim Balakin erneut zu vernehmen. Seine Klamotten, die er am Morgen bei seiner Fahrt auf die Dienststelle getragen hatte, sind noch nicht trocken. „Die Uniform steht dir auch gut!", sagte

Mathilda beim Aussteigen. Sie erhofften sich eine neue Sicht der Dinge. Die beiden Russen und ihre Anwälte wollten einen Deal, den aber Hatterer nicht versprechen konnte. „Ich würde es in einem Aktenvermerk festhalten und ich denke, dass wird ihnen bei Gericht dann schon angerechnet werden." Nach kurzer Besprechung mit ihren Anwälten waren sie bereit auszusagen. Vorher ließ es sich der Anwalt von Balakin nicht nehmen, eine Bemerkung zu Hatterers Uniform zu machen. „Neue Dienstkleidung bei der Kriminalpolizei?" Dann erzählten die beiden, wobei Balakin der Wortführer war, vom Treffen in der Gastwirtschaft zur „Heiligen Gans" in Hundsbach nahe Eußenhausen im Werntal, vom Plan Rolingers und davon, dass beide keine scharfe Munition in ihren Pistolen hatten. „Das wissen wir mit der Munition, darum wird sich die Anklage gegen euch beide auch stark abgemildert darstellen. Eure Anwälte werden die Anklageschrift wohl in den nächsten Tagen in der Post haben. Eine Frage habe ich noch. Wieso habt ihr denn gleich geschossen? Ihr könntet tot sein." Balakin meinte dann nur, dass sie sehr erschrocken waren. Sie hätten nie damit gerechnet, dass ihr Überfall verraten, aufgeflogen und überwacht würde. Rolinger hat ihnen gesagt, dass alles ganz sicher sei. Als ehemalige Volksmilizionäre von Luhansk reagierten sie halt so wie sie reagiert hätten. Rolinger sei eine große Sau von Dreck der sie alle verarscht hätte. Sie wären nie auf die Idee gekommen einen Drogentransport zu überfallen. Für die

166

beiden Kriminalbeamten war das, dass richtige Signal der beiden.

Bernie und Geraldine konnten sich befreien. Mit einem Feuerzeug aus Geraldines Handtasche, dessen Inhalt auf dem Boden verstreut war, brannte sie Bernies Kabelbinder durch. Er erlitt zwar ein paar Verbrennungen an den Handgelenken, aber sie waren wenigstens frei und konnten die Polizei verständigen.

Susi reagierte auf den Anruf überlegt und bittet Lothar Müller mit ihr eine Streifenfahrt zu übernehmen. Die Nummer des schwarzen Kleinwagens ging in die Fahndung. Der Kontrolleur des Wohnmobilplatzes Karl-Dieter Schulz, der immer Polizeifunk abhört, erinnert sich, die schwarze Limousine eben beim Vorbeigehen gesehen zu haben. Er rief sofort bei seinem Spetzel Rudi Weingart, den er vom Cocker Spaniel Zuchtverband kannte, an. Der dann die Fahndung präzisierte. Lothar Müller bog nach der Konrad-Adenauer-Brücke nach links in die Mainbernheimer Straße ein. Sie fuhren mit dem Wagen der Zivilstreife ohne großes Brimborium. Am Kroneneck wollten sie in Richtung Bleichwasen abbiegen, um das gestohlene Fahrzeug in Augenschein zu nehmen. Da fiel Susi ein Mann mit einem Papagei auf einem gelben Sweetshirt auf, der neben einer Leiter an der Wand lehnend eine Zigarette rauchte. „Halten sie bitte an. Da steht einer der Gangster. Der mit dem Papagei auf dem Shirt". Dann ging alles ganz schnell. Susi riss die Türe auf und sprang fast im selben Moment auf den Mann, der verdutzt zu Boden ging. Dann war auch schon Lothar Müller zur Stelle und legte die Handschellen an. „Wo ist dein Komplize??", schrie Susi. Vielleicht hätte sie nicht so laut sein sollen. Jedenfalls hörte Shafranskiy den Tumult, blickte über die Brüstung des Giebels und sah wie sein Kollege abgeführt wurde. Vorher hatte er noch was anderes, viel Interessanteres gesehen. Jetzt stellte sich für ihn nur die Frage, wie er da unbemerkt hinkam.

Die Polizei Unterfranken stellte am selben Tag, in der Würzburger Direktion, die Sicherheitsbilanz für das vergangene Jahr vor. Insgesamt gab es 2019 weniger als 50 000 Delikte. Das sei ein historischer Tiefststand. Die Aufklärungsquote lag mit über 75 Prozent auf einem sehr hohen Niveau. Bei der Computerkriminalität gab es laut Polizei im vergangenen Jahr einen starken Anstieg der Fallzahlen und Schadenssummen. Bei der Rauschgiftkriminalität ging die Zahl leicht zurück. Hatte es 2018 noch 5 599 Fälle gegeben, sank die Zahl im vergangenen Jahr auf 5 449 - also um 150 Delikte. Die Versuche in Sachen Callcenter-Betrug stiegen stark an. Von 2 144 im Jahr 2018 auf 2 356 im Jahr 2019 - ein Zuwachs von über 200 Fällen. Vollendet wurden allerdings nur 142 Callcenter-Betrügereien. Erwähnt wurde dann noch der Erfolg der Kitzinger Kollegen mit der Dingfestmachung eines Serienkillers. „Bla, bla, bla!" Hatterer schaltete auf einen anderen Sender. Walk the

Line „Schalt das aus, ich kann das nicht hören!", protestierte Mathilda. Hatterer schaltete das Radio komplett ab. Baby Vuvu, der Klingelton von Mathilda Gamrod, meldete sich: „Was gibt's?" Es war Susi: „Ich habe Viktor Samoilov festgenommen!" „Was, du hast Viktor Samoilov festgenommen? Wie hast du das gemacht?" „Was hat sie gemacht, Viktor Samoilov festgenommen?" fragte Hatterer erregt. Susi hatte wieder aufgelegt und Hatterer gab Gas. Mathilda schaltete wieder das Radio an. „In Würzburg wollen am morgigen Samstag Menschen mit stillen "Silent Demos" gegen Rassismus protestieren. Anlass ist der Tod des Afroamerikaners George Floyd, der am 25. Mai in den USA starb, nachdem ihm ein Polizist minutenlang ein Knie auf den Hals gedrückt hatte. Die Menschen sollten schwarz gekleidet zur Demo kommen," sagte die sympathische Stimme des Senders Bavaria Blue. Hatterer sagte leicht erzürnt, dass solche Vorfälle auch das Image der deutschen Polizei schaden würden. Solche Flachwichser usw. …

Schnürlregen hat eingesetzt. Die Scheibenwischer krächzten. Beim Aussteigen schlägt Hatterer den Kragen seiner Jacke hoch. Erst schaut er Mathilda an, die ihren Schirm aufgespannt hatte, dann schaut er zum Himmel über dem in rascher Folge regengraue Wolken in Richtig Osten ziehen.

Im Verhörraum sitzt etwas zusammengekauert Viktor Samoilov. „Übernehmt ihr das? Ich möchte zum

Birden!" „Wo willst du hin?" Susi schaute unsicher auf den Boden und faltete verlegen die Hände zusammen. „Was soll das sein, Birden? Mir haben vögeln gesagt!" Hatterer lachte dabei. Es dauerte ein paar Sekunden, dann deutet Mathilda auf ihr Tablet und den darauf stehenden Text. Hatterer liest: "Birder sind Leute, die Tisch und Stuhl verlassen, um im Stadtpark um die Ecke oder zum Beispiel in der fernen Mongolei oder auf den Osterinseln nach Vögeln Ausschau zu halten. Bei manchen ist der Ansatz eher lässig und entspannt, andere sind äußerst ambitioniert! Was viele Birder auszeichnet, ist schon so ein bisschen dieses Eigenbrötlerische. Typischerweise sind sie oft auch autistische Persönlichkeiten oder eben Leute, die keine besonders geschliffene Kommunikation mit anderen Menschen haben. Sie seien meistens ein bisschen maulfaul und wursteln vor sich hin. Sie stehen vielleicht etwas am Rand der Gesellschaft, haben aber über die Welt der Vögel einen seelischen Ausgleich gefunden." „Interessant. Das trifft ja voll auf dich zu. Okay, dann mal los!" „Danke!" und weg war sie. Mathilda sagte zu Hatterer, dass diese Freizeitbeschäftigung zu Susi passe. Viktor Samoilov wurde unterdessen von Peter Seltermann in den Verhörraum geschoben. „Fasse mich nicht an!" schrie dieser erregt. „Schnauze!", war die einfache Antwort vom baumlangen Beamten. Hatterer und Gamrod liefen hinterher. Plötzlich fragte Mathilda Hatterer, ob ihm die Namen Swanhilda Lichtenberg und Elsa Menzel was sagen würden. Hatterer stutzte, blieb stehen und erklärte

Mathilda, dass das seine Ex-Frau und deren neue Liebe sei und woher sie die Namen hätte und überhaupt was sie das anginge. Sie erzählte dann von ihrem Freund in Neuseeland, der die beiden Frauen irgendwie dort in der deutschen Botschaft in Wellington kennengelernt hätte. „Ja, die Welt ist klein. Wie lange bleibt dein Freund in Neuseeland?" „Er will für immer dortbleiben. Er hat einen gutbezahlten Job als landwirtschaftlich-technischer Mitarbeiter zur Betreuung von Feldversuchen bei einer großen Agrarfirma gefunden. Er hat das ja studiert. Ich habe mich aber in Yogi verguggt und jetzt will ich eigentlich nicht mehr nach Neuseeland." Hatterer verzog das Gesicht und meinte nur, dass Yogi ein Weiberheld sei und dass sie da schon Tacheles mit ihm reden müsste und seine Ex-Frau ginge sie nichts an. „Ist schon gut. Machst du die Vernehmung?"

Viktor Samoilov blieb in den Verhören stumm.

Während bei John Evans und Persephone Maier die Erkenntnis wuchs, dass es besser für sie wäre, wenn sie erzählten, was sie wüssten. So kam dann ans Tageslicht, dass Vitaliy Shafranskiy, Dürnberger nur in den Graben drängen sollte. Nach ihrer Meinung hätte er wohl einen Aussetzer gehabt und sei deshalb so verhängnisvoll gestürzt. „Hat das eure Obduktion nicht ergeben, dass er sowas wie einen Schlaganfall oder sowas ähnliches erlitten hatte?" Hatterer meinte dazu, dass dies Quatsch sei und Dürnberger wohl kaum in dem Moment einen

171

Herzinfarkt erlitten hat, nur weil er angefahren wurde. Auf jeden Fall wurde jetzt klar, dass Dürnberger erhebliche Mengen Kokain abgezweigt hatte und sie an verschiedene „Kunden" vertickte. Darunter halt auch an das geschiedene Ehepaar in Volkach. Er machte das größtenteils unauffällig mit dem Rennrad. Zu seinem Kundenkreis gehörten auch Leute aus der Kunst und Politik. Mehr wollten die beiden nicht sagen. „Wir kennen keine Namen!" „Könnt ihr uns etwas über Bernie Laue erzählen?" „Könnten schon, aber das kann für uns sehr gefährlich werden!" Hatterer meinte dann, dass sie es sich überlegen sollten. So wie sich die Sache darstellt, müssten beide jetzt in Untersuchhaft und dort bis zum Prozessbeginn bleiben. „Ihr wisst ja, dass das lange dauern kann, bis der Prozess beginnt. Die Prozesskosten sind auch nicht billig und überhaupt gebt euch einen Ruck. Uns fehlen die Beweise die wir bräuchten um wenigstens den Bernie Laue einzubuchten. Ich werde mit dem Staatsanwalt sprechen. Vielleicht kann ich ja Straffreiheit für euch aushandeln. Aber ihr müsstet dann alles auf den Tisch legen was ihr wisst. Solltet ihr was verschweigen, wandert ihr wieder direkt ins Loch!" Persephone meldete sich zu Wort. „Gib uns bis morgen Bedenkzeit, und du sprichst mit deinem Staatsanwalt. Okay!" „Kann ich machen. Mal schauen ob es mit der Audienz bei denen klappt."

Am nächsten Morgen, am Montag den achten Juni auf dem Weg nach Würzburg zur Staatsanwaltschaft hörte er bei Bavaria Blue im Autoradio, dass in Bayern heute einige Corona Lockerungen im öffentlichen Bereich in Kraft treten. So können Freibäder, Tanzstudios und Fitnessstudios wieder öffnen. Zugleich bleiben aber die strengen Kontaktbeschränkungen vorerst bis mindestens zum 14. Juni bestehen. Nach Angaben der bayerischen Staatskanzlei bleibt die aktuelle Regelung in Bayern bis mindestens 14. Juni bestehen. Innerhalb dieser Regeln ist aber wieder einiges möglich, was vor wenigen Wochen noch undenkbar erschien. Dann kam Musik, die ihm nicht gefiel. Ein Reh sprang vor ihm über die Straße. Er konnte noch rechtzeitig bremsen. Dann schaltete er um auf Radio Light Franconia. Dort wurde berichtet, dass gestern etwa 1 000 Menschen auf den Mainwiesen in Würzburg gegen den Rassismus demonstriert hatten. Eine 8 Min und 46 Sek andauernde Schweigeminute verdeutlichte, wie lang und grausam knapp neun Minuten sein können. So lange hat der Polizist Derek Chauvin sein Knie in den Nacken von George Floyd gepresst. Kurz danach starb Floyd. Unglaublich. Hatterer schaltet den Radio aus. „Scheiß Zupfer!" denkt er. „Was für ein beschissenes Land."

Hatterer sprach mit dem Staatsanwalt. Er musste Maier und Evans etwas anbieten können, damit sie ihren Mund aufmachten. „Also Hatterer, auf ihre Verantwortung. Ich kann Straffreiheit gewähren, aber sie sorgen dafür, dass ich eindeutige Aussagen gegenüber Bernie Laue bekomme. Das wäre schon ein großer Erfolg, wenn wir den schon einmal einbuchten könnten." Er bedankte sich, ging zum Auto und fuhr heim nach Kaltensondheim. Bei Bavaria Blue wird dann die nächste Lockerung bekanntgegeben: „Bayerns Innenminister Herrmann erwägt, die strikten Regeln für das Anmelden von Kundgebungen zu lockern. Derweil verteidigt das Münchner Kreisverwaltungsreferat die Entscheidung, die Anti-Rassismus-Demo vom Wochenende auf dem Königsplatz zu erlauben. So die Nachricht im Sender Bavaria Blue. Weiter wurde bekannt: „Neuseeland hat das Corona-Virus nach eigenen Angaben besiegt. Wie das Gesundheitsministerium bekannt gab, hat die letzte Patientin im Land, eine Frau aus Auckland, seit 48 Stunden keinerlei Symptome mehr und gilt als genesen. Sie wurde nun aus der Isolation entlassen. Da es damit keinen einzigen aktiven Infektionsfall mehr in Neuseeland gibt, werde man die Corona-Einschränkungen aufheben, kündigte die Regierung an." Deutschland und Europa ist da noch ein großes Stück weit entfernt davon, dachte er und musste an seine Ex Frau denken.

Der DNA-Abgleich der winzigen Fasern und der zwei Haare mit der DNA des im Polizeikrankenhaus liegenden Alexander Semenov, hat ergeben, dass diese eindeutig von ihm stammten. Hatterer versuchte am Nachmittag ihn zu einem Geständnis zu bewegen. „Gerichtskosten und Strafe würden sich für ihren Mandanten verringern." Der Rechtsanwalt redete dann noch einmal mit ihm und nach kurzer Zeit kam grünes Licht und Hatterer hatte eine Sorge weniger und ein glasklares Geständnis. Dazu ein fettes Lob der Chefin in Aussicht.

Vitaliy Shafranskiy hatte vom Dach des Hauses das von Samoilov beschriebene Wohnmobil entdeckt. Jetzt wurde ihm auch klar, dass Rolinger von dem Balkon des Hauses sie gesehen haben musste, als sie mit der Harley vor den Bullen türmten. Er hatte die Gunst des Augenblicks genützt und war durch ein paar Gassen und schmalen Straßen in die Nähe des temporären Wohnsitzes von Rolinger gekommen. Er versteckte sich erst einmal in einem aufgelassenen Treib- oder Gewächshaus. Auch an Etwashausen ging die Globalisierung nicht spurlos vorüber. Viele kleine Gärtnereien stellten ihren Betrieb ein. Meistens fehlte ein Nachfolger oder es konnte nicht mehr ertragreich genug gewirtschaftet werden. Einst gab es in der Vorstadt von Kitzingen über 100 selbstständige Gärtnereien. Jetzt kann man sie an zwei Händen abzählen. Es regnete immer noch. Es war mehr ein gleichmäßiges Nieseln, das die Bauern, Winzer und auch die Gärtner so schätzten. Nur wenige Leute waren auf den Straßen unterwegs. Seine Bekleidung nervte ihn. Was für eine beschissene Idee von Samoilov mit den komischen Klamotten. Er war jetzt sehr nahe am Unterschlupf von Rolinger und doch konnte er noch nicht zum entscheidenden Schlag gegen ihn ausholen. Neben dem alten, schäbigen und heruntergekommenen Treibhaus stand nur wenige hundert Meter entfernt ein relativ neues High End Treibhaus von beträchtlicher

Größe. Beim Blick durchs Fenster sah er Bartnelken in allen Variationen. Purpurrot, rot, rosa, weiß, grün, gestreift, gefleckt, zweifarbig, gefüllte und ungefüllte. Er musste an den Schrebergarten seiner Oma in der Ukraine denken. Sie hatte auch immer an einem kleinen Stück im Garten diese Nelkenart angepflanzt. Am 24. Juni, dem Tag der Unabhängigkeit der Ukraine, wurden die Blumen zusammen mit anderen Arten wie Sonnenblumen und beispielsweise Getreideähren zu Kränzen geflochten, die dann die jungen Frauen stolz auf ihren Köpfen trugen. Mit Wehmut musste er daran denken. Ein Hundebellen schreckte ihn auf. Ein kleiner Pinscher stand plötzlich neben ihm und bellte ihn an. Er hörte eine Frauenstimme rufen: „Gino, Ginoooo komm jetzt da raus". Shafranskiy machte sich klein, der Pinscher biss ihn in die Hose und zerrte daran. „Ginoooo!" Dann, ein aufheulen. Gino hatte vom Ukrainer mit einem herumliegenden Stück Holz einen festen Schlag auf die Nasenspitze bekommen. Winselnd lief er zurück zum Frauchen. Shafranskiy schnaufte durch. „Scheiß Köter!", dachte er, „warum verhätscheln die Deutschen ihre Hunde so?" Durch ein gekipptes Fenster konnte er wenig später zu den Bartnelken einsteigen. In einem kleinen Räumchen am Ende des etwa 150 m langen Treibhauses fand er, nachdem er dezidiert gesucht hatte, gut gebrauchte Gärtnerklamotten. Sie rochen nach einer Mischung aus Schweiß und Blüten. Die erdbraune Cordhose hätte man auch so hinstellen können, sie war steif vor Dreck. Egal, die Klamotten passten, auch das

176

karierte Holzfällerhemd. Den, nach seiner Meinung lächerlichen Anzug, stopfte er in eine herumliegende Plastikverpackung für Pflanzendünger und schmiss ihn beim Hinausgehen in den bereitstehenden Abfallcontainer. Dann schlich er sich zu dem Haus in dem er Rolinger vermutete.

Das Wohnmobil war verschwunden. Nach längerem Nachdenken kam er zum Entschluss, in die Wohnung einzusteigen. Es kann nur die Balkonwohnung im ersten Stock sein. Er hatte das Glück, dass die Besitzerin des Hauses, Evchen Seidel, in Köln wohnte und somit nicht anwesend sein konnte. In der Erdgeschosswohnung hatte die Oma der Besitzerin, da sie sehr schwerhörig ist, den Fernseher so laut aufgedreht, dass man es bis nach draußen hören konnte. Trotzdem und vor allem deshalb, weil Shafranskiy das nicht wissen konnte, war er äußerst vorsichtig, als er sich am Blumenspalier des blühenden Goldregens, nach oben hangelte.

Zur gleichen Zeit in Kaltensondheim debattierte Isabella mit Hatterer über ihre berufliche Zukunft in Deutschland. Den Job als Erdbeerpflückerin hatte sie aufgegeben. Erstens waren es zu wenig Einsätze und damit auch zu wenig Geld und zweitens tat ihr der Rücken nach drei Stunden pflücken immer sehr weh. Sie musste an La Palma denken wo für die Erdbeeren Hochbeete angelegt waren. „Also, du willst wirklich bei Felicitas einsteigen?" „Ja, iste toller Job und Dinero stimme auch!"

Hatterer schaltete den Fernseher an. „Musste du gehe auf Programm 67! Aber erst um 21 Uhr ist Felicitas auf Sendung. „Okay, ich schaue mir das mal im Internet an!" „Du biste ganz schon misstrauisch!" Hatterer lachte und meinte, dass dies sein Job so mitbringe. Bei den Beratern stand dann bei Felicitas Brown im Internet auf der entsprechenden Seite, zu lesen: „Kartenlegerin Felicitas berät weitsichtig mit Visionen und positivem Denken. Sie löst bei dir Blockaden der Selbstentwicklung und schafft Brücken zu mehr Selbstvertrauen, Lebensmut und deiner eigenen Kraft. Rufen sie an zwischen 21 und 22 Uhr in der unten eingeblendeten Rufnummer. Isabella legt dann ihre Karten, oder machen sie einen Termin mit ihr zum individuellen Gespräch!" „Hm!", machte Hatterer: „Was bietest du denn dann an?" Isabella zeigte ihm dann einen Zettel auf dem sie geschrieben hatte, was sie machen möchte. Und sagte dann: „Meine Oma war Schamanin und auch meine Uroma! Ich habe verschiedenes Wissen geerbt, aber fast schon wieder vergessen. Ich will es inne mich wieder hochsteigen lassen und präsentiere. Du wirste sehen es wird ein Erfolg!" Auf dem Zettel konnte Hatterer dann folgendes lesen: „Die Vorstellung von der Heilung durch höhere Kräfte ist in schamanischen Kulturen Venezuelas lebendig. Dort kann man Heilungen beobachten die nach europäischen Vorstellungen nicht zu erklären sind. Die Schamaninnen arbeiten mit dem Übersinnlichen und inkorporieren verstorbene Seelen um Menschen zu heilen! Das und mehr demnächst bei horoscope TV mit unserer neuen Schamanin Isabella die aus Venezuela zu uns gekommen ist. "Du meinst es ja wirklich ernst! Kann das auch durchs Fernsehen klappen?" „Ja, und wenn es ankommt dann wollen wir zu zweit noch was aufziehen!" „Meinen Segen hast du!" Isabella gab ihm einen dicken Kuss. „Aber zieh dich bitte nicht so freizügig an wie Felicitas. Überhaupt kann es sein, dass sie nur so viel Zuspruch hat, weil sie ihre dicken Brüste fast unverhüllt zeigt! Überlege dir das mal und wenn die Verantwortlichen des Senders zu dir sagen, du sollst auch ein tiefes Dekolleté vorführen, dann weißt du was die Uhr geschlagen hat." Isabella schaute ihn fragend an und sagte dann ob ihm ihr Dekolleté nicht gefallen würde. Hatterer fiel dazu nichts mehr ein.

Es ist alles gut gegangen beim Hochklettern zum Balkon. Die Dachrinne war zwar leicht verbogen, hatte aber gehalten. Die Balkontür war gekippt, also kein Problem für ihn. Shafranskiy schaute sich um. Fand aber nichts Brauchbares, alles war auf- oder weggeräumt. Im Kühlschrank fand er noch Buttermilch, sonst war nichts mehr Essbares zu finden. Leichte Verzweiflung stieg in ihm hoch und er hatte tierischen Hunger. Dann fand er im Abfalleimer ein Prospekt. Salvamar Camper Sosta Catania Sizilien. Wollte Rolinger dort hin?? Neben dem Prospekt lag ein zusammengeknüllter Zettel. Es war eine Rechnung einer Autoreparaturwerkstatt in Marktsteft über verschiedene Tätigkeiten bzw. Reparaturen am Wohnmobil. Einen Reim konnte er noch nicht daraus machen. Er steckte beides ein. Dann ging er zur Tür hinaus, nach unten. Der Fernseher war immer noch sehr laut. Im Flur, auf einem mit Spitzendeckchen verzierten Schränkchen, fand er dann in einer runden Tortenfrischhalteschachtel aus Plastik, einen viereckigen Marmorkuchen. Er nahm die Schachtel mit. Anschließend ging er zurück in sein Versteck im aufgelassenen Gewächshaus und verschlang gierig sein Nachtmahl. Marmorkuchen mit Buttermilch.

Während Shafranskiy im Gewächshaus eingeschlafen war, wartete Jakob Rolinger an einem einsamen Baum auf einer Wegkreuzung im Nirgendwo zwischen Westheim und Biebelried auf Kevin Weghorst, den Passfälscher. Er wollte 25.000 Euro für die falschen Papiere, Pass, Ausweis und Führerschein. Ab jetzt heißt er Hans-Peter Bruns. Er hatte das Geld abgezählt in ein Kuvert gesteckt. Lichter näherten sich. Das verabredete Zeichen, zweimal Licht aus und wieder an. „So mein Freund, zeig mal her wie die Papiere aussehen." „Zeig du erst die Kohle!" „Keine Sorge du bekommst sie, wenn die Papiere okay sind. Also wo hast du sie." „Kohle her!" schrie Weghorst und zog eine Knarre und hielt sie Rolinger unter die Nase. „Ich habe sie draußen im Seitenfach, nimm das Ding runter du machst mich nervös!" „Halts Maul steig aus!" Rolinger machte seine Türe auf ließ sich hinausfallen um sofort unter das Wohnmobil zu krabbeln. Er zog dann dem verdutzten

Weghorst die Beine weg. Dieser stürzte, schlug mit dem Kopf auf und war benebelt vom Aufschlag. Er taumelte und Rolinger schlug ihm mit aller Kraft mit seiner Faust auf den Hinterkopf. Weghorst blieb ohnmächtig liegen. Er hob die heruntergefallene Pistole auf. Sie war ganz leicht, es war eine Spielzeugpistole der schlechtesten Art. „So ein Bluffer!" nuschelte Rolinger. Er zerrte ihn zu dessen Auto und setzte ihn aufrecht an die Seitentüre. Dann durchsuchte er das Fahrzeug systematisch. Nichts keine Papiere. Der Typ wollte mich einfach nur abzocken. Er trat dem Bewusstlosen mit hasserfüllter Kraft so fest in die Seite, dass dieser umkippte. Dann setzte er sich in das Wohnmobil und fuhr zurück.

Der Regen kam aus dem Osten, ein seltenes Phänomen in Mainfranken. Als er weniger wurde, ging Renate Schlereth am Morgen los, um von den nahegelegenen Holunderbüschen an einem Feldrain, eine größere Menge an Holunderblüten zu pflücken. Sie macht daraus alles Mögliche. In erster Linie trocknet sie die Blüten um sie in der kalten Jahreszeit zu verarbeiten. Einen Teil verwendet sie, um daraus leckere Küchlein zu backen. Dazu rührt sie einen dünnen, ziemlich flüssigen Rührteig mit Bier, einen sogenannten Bierteig an, tunkt die Blüten hinein und bäckt sie in einer Fritteuse heraus. Ihr Mann Herbert mag sie total. Sie stellt aber auch noch ein Deodorant und ein Hautwasser aus den Blüten her. Natürlich auch den schweißtreibenden Hollertee. Einen Korb hatte sie schon komplett voll. Als sie den zweiten

Korb aus dem Kofferraum des Autos nahm, fiel ihr der Wagen auf der einsamen Lichtung, einige hundert Meter entfernt, auf. Sie dachte sich nichts dabei. Nachdem auch der zweite und dritte Korb gefüllt war, startete sie den Motor und fuhr in Richtung des abgestellten PKWs. Sie war immer sehr neugierig. Sie hielt an, stieg aus und ging um das Fahrzeug herum. Ein Mann saß schwer atmend am Auto angelehnt. „Helfen sie mir, bitte!" „Ich rufe die Rettung!" sagte sie und rief dann auch sofort an. „Hier Rettungsleitstelle Kitzingen, was können wir für sie tun?" „Hier liegt ein schwerverletzter Mann und stöhnt. Er atmet fast nicht mehr, kommen sie schnell!" „Ja, wo genau müssen wir hinkommen?" „Wie erkläre ich ihnen das am besten? Kennen sie den Baum mit dem Schild Lorenzquelle, zwischen Westheim, Kaltensondheim und Repperndorf? Sie müssen kurz vor Kaltensondheim rechts in den Betonweg einbiegen!" „Da an der Linkskurve?", fragte die männliche Stimme aus dem Telefon. „Ja genau, nach der Buschreihe links bis zu dem Bauernhof, wo es die vielen Schwarzkopfschafe hat. Dort dann links und dann immer geradeaus. Es ist ungefähr ein Kilometer bis zu dem Baum, das sehen sie dann schon!" Zum Verletzten gebeugt sagte sie, dass Hilfe unterwegs sei. Sie machte den Kofferraum des Wagens auf um nach einer Decke zu sehen. Die karierte Decke steckte in einer Art Plastiktasche. Als Renate Schleret sie ausbreitete, fielen ein paar Sachen heraus. Da sah sie dann einen Ausweis, einen Reisepass und einen Führerschein am Boden liegen. Sie deckte den verletzten Mann mit der Decke zu und schaute sich, neugierig wie sie nun einmal war, die Papiere an. Alle waren auf einen Lenard Endres ausgestellt. Das Bild aber kannte sie. Es war das von Jakob Rolinger. Sie rief Hatterer an, „Jetzt mal ganz langsam Renate. Du warst Hollerblüten rupfen und hast jemand gefunden der verletzt vor einem Fahrzeug sitzt. Im Kofferraum hast du Papiere gefunden mit dem Bildnis von Jakob Rolinger drauf. Ist das so richtig?" „Die Papiere waren in einer Decke, mit der ich den Mann zugedeckt habe. Genau! Ich wollte doch Hollerküchli back!" Hatterer hasste es, ohne Kaffee, irgendetwas zu machen. Um richtig wach zu werden, setzte er sich unausgeschlafen auf sein Mountain-Bike und fuhr hinaus ins nieselnde Grau des Morgens.

Nach sieben biblischen Wochen, hebt die Regierung an diesem Tag, die Ausgangsbeschränkungen auf.

„Gut, dass du mich angerufen hast. Zeig mal her, tatsächlich!" Das Rettungsfahrzeug kam. Kevin Weghorst, der wieder ohnmächtig geworden war, wurde ins Kitzinger Kreiskrankenhaus gefahren. „Das ist ja ein Ding. Gefälschte Papiere. Der Typ will sich absetzen. Jetzt wird es kompliziert", dachte Hatterer. Er bedankte sich bei Renate und fuhr wieder mit dem Bike nach Hause. Renate winkte ihm im Vorbeifahren. Eigentlich hatte er heute dienstfrei. Fronleichnam, katholischer Feiertag in Bayern. Corona entwickelte sich an diesem Feiertag zum Stachel im Fleisch der katholischen Kirche. Keine Prozessionen und stark eingeschränkter Gottesdienst. Der Regen hörte erst am Nachmittag auf. Im Krankenhaus sagte man Hatterer, dass der Verletzte anhand seiner schweren inneren Verletzungen in ein künstliches Koma verlegt wurde. „Vielleicht müssen wir sogar operieren", sagte der diensttuende Oberarzt.

Der Brückentag am Freitag, der mit Nebel gestartet war, entwickelte sich zu einem sonnigen Freitag mit Temperaturen um 25 Grad. Die Menschen schleckten Eis und liefen in kurzen Sachen durch die Gegend. Hatterer konnte nicht ahnen, dass nur in 500m-Luftlinie Entfernung, entscheidende Begebenheiten in diesem Fall passierten.

Shafranskiy, wollte gerade zum Wohnmobil um dieses zu öffnen, als zwei Männer auf den Hof kamen um irgendetwas zu erledigen. „Scheiße, die Karre muss wech!" „Der ist oben in der Wohnung von Evchen, ich gehe mal hoch und sag zu ihm, dass er das Wohnmobil wegfahren soll."

„Scheiße!" dachte Shafranskiy. Dann hörte er den Mann zu Rolinger sagen, dass er sein Wohnmobil auf dem Platz der aufgelassenen Tankstelle um die Ecke, abstellen kann. Sie müssten hier mit dem Heissdampfer das Unkraut vernichten. „Wissens, das ist Bio, ohne Gift!"

Rolinger, war höflich und eloquent, stieg ins Wohnmobil, gab Gas und fuhr, wie von den Männern vorgeschlagen auf den Parkplatz, der früheren Tankstelle.

Auf der Dienststelle in Kitzingen hatten die Beamten viel zu tun. Ein Fahrer eines Lkw hat beim Wenden eine Straßenlampe an einem Grundstück im Winterleitenweg beschädigt. Ein Zeuge beobachtete das Geschehen und wollte seine Aussage machen. Ein Unbekannter hat auf dem Marktplatz ein lila-violettes Hercules-Damenfahrrad, Modell Comfort 7, gestohlen. Auch die Frau wollte ihre Anzeige aufgeben. Ein offensichtlich alkoholisierter und durch vorangegangenen Drogenkonsum beeinflusster Mann, hat in der Wörthstraße an einem Auto den rechten Außenspiegel abgetreten und so einen Schaden von circa 500 Euro verursacht. Der 29-Jährige ist ein alter Bekannter auf der Wache. Er hatte sich zudem verbal mit Anwohnern angelegt. Die hinzugerufenen Beamten musste den 29-Jährigen in Gewahrsam nehmen, wobei er die Polizisten durch unflätige Äußerungen beleidigte. Gegen den Randalierer wurde ein Strafverfahren eingeleitet. Seltermann hat ihn mit einem Tritt in die Arrestzelle befördert. In der Kaiserstraße wurde von einem geparkten schwarzen Seat das hintere Kennzeichen mitsamt der Halterung abgerissen. Der Täter konnte sich unerkannt entfernen. Der Geschädigte wartete auch voller Ungeduld. Ein 25-Jähriger wurde am Marktplatz kontrolliert, nachdem der junge Mann zuvor versucht hatte, zu Fuß wegzulaufen und sich so der

Kontrolle zu entziehen. Vor Ort fanden Rudi Weingart und ein Kollege einen sogenannten „Crusher", eine Art Kräutermühle, und gut zehn Gramm Marihuana. Auch hier musste das Protokoll der Anzeige geschrieben werden. Seltermann ließ einen ziehen und sagte zu Lothar Müller, der sich über dessen lauten Furz erregte, wenn ich ein Einhorn wäre, dann wäre jetzt Glitter hinten rausgekommen, aber ich bin halt kein Einhorn. Hatterer und Mathilda hatten eine Stunde ausgeholfen. Die hoffnungslos unterbesetzte Dienststelle sollte nicht den Eindruck erwecken, dass die Polizei handlungsunfähig sei. Vor allem für den jungen Mann mit dem Gras, interessierte sich Hatterer besonders. Es war wie eine Mauer, auch er sagte nichts.

Zur gleichen Zeit schlich sich Shafranskiy an einem Bachlauf entlang, zu der aufgelassenen Tankstelle wo das Wohnmobil stand, mit dem Rolinger türmen wollte. Er fluchte über die nassen Schuhe die er sich dabei holte.

Rolinger, indes hatte sich entschlossen es einfach mit seinen echten Papieren zu versuchen. Er durfte zwar, laut Anordnung, nicht ins Ausland fahren, aber er setzte darauf, dass es noch einen ziemlichen Andrang an den Grenzen geben dürfte. Es waren ja noch Pfingstferien. Shafranskiy machte sich an der hinteren Tür des Wohnmobils zu schaffen, als er plötzlich eine Stimme hörte.

„Suchst du mich?" Er drehte sich um. Dann wurde ihm schwarz vor Augen.

„Quid pro quo!", sagte Rolinger halblaut, schaute sich um und öffnete die hintere Tür des Wohnmobils und zerrte Shafranskiy hinein. Rolinger war sich nicht sicher, aber er befürchtete, dass er Shafranskiy mit der Eisenstange erschlagen hatte. Spontan entschied er, dass er den verletzten Ukrainer an einem Rastplatz an der B8 nach Markt Bibart aus dem Reisemobil werfen will. Aus dem leichten Nieseln ist ein richtiges Regenwetter geworden.

Hatterer ordnete zur selben Zeit eine kleine Dienstbesprechung an, um ein bisheriges Resümee zu ziehen und auch das weitere Vorgehen zu besprechen. „Uns ist es gelungen, den geplanten Überfall auf den Drogentransport zu vereiteln. Morgen werden wir mit Persephone Maier und ihrem Ex-Mann John Evans sprechen, ob sie bereit sind gegen Bennie Laue auszusagen. Wir konnten Viktor Samoilov festnehmen. Den Tod von Fred Dürnberger konnten wir soweit auch aufklären. Was bleibt ist die Verhaftung von Vitaliy Shafranskiy und Jakob Rolinger. Dazu geht eine Fahndung raus, auch nach einem Wohnmobil mit Ochsenfurter Nummer. OCH – HW 636. „Habe ich schon veranlasst!", meldete sich Susi Schwärzer zu Wort. Was sie nicht wissen konnten war die Tatsache, dass Rolinger in der vergangenen Nacht die Nummernschilder an dem Wohnmobil ausgetauscht hatte, in Anbetracht der schlechten Situation, in der er im Moment steckte. Er meinte damit die Auseinandersetzung mit dem Passfälscher. Er wollte nur bis nach Neustadt/Aisch auf der Bundesstraße fahren, um dort das Wohnmobil gegen ein anderes Leihauto zu tauschen. In die Wege geleitet und bezahlt hatte er bereits online. Er hatte mehrere Möglichkeiten online zu bezahlen und er ging davon aus, dass die Polizei noch nicht dahintergekommen war. Seinen ursprünglichen Plan mit dem Wohnmobil bis nach Süditalien zu fahren verwarf er wieder. Salvamar Camper Sosta Catania Sizilien hatte er storniert. Dafür wollte er ohne irgendeine Buchung in der Toskana unterschlüpfen und dann sehen wie es für ihn weitergehen kann. Ob ihn seine italienischen „Geschäftspartner" helfen würden, wusste er nicht und er war sich da auch nicht mehr so sicher. Ihm wird schon etwas einfallen, da war er sich ziemlich sicher. Bis jetzt war es jedenfalls immer so gewesen. Mit knapp einer Million war ein Neustart überall möglich.

„Na, wie war dein erster Einsatz heute?", fragte Hatterer beim Abendbrot Isabella. Sie nickte nur und ging in die Küche. Es gab selbstgemachten Eistee und selbstgebackenes Brot. „Das habe ich mit der Nachbarin heute gebacken. Ist ja gar nicht so schwierig mit dem Sauerteig!" „Wieso habt ihr für sechs Leute gedeckt, kommt noch wer?" Der kleine dreijährige Delcy erzählte mit seiner Kinderstimme: „Okel Schlert kommt noch mit Nate!" Alle lachten. Ja das Leben kann so schön einfach sein.

Die Schlerets brachten dann den Rotgelegten und die Kümmerli mit. Isabella ging in die Küche und holte die Bratkartoffeln die sie auf kanarische Art zubereitet hatte. Papas arrugadas mit Mojo Rojo, einer Chili-Pfeffer-Knoblauchsauce. Schleret hob sein Glas: „Auf die Fränkisch-Kanarische Freundschaft!" Dann zog er aus dem Silvaner Bocksbeutel den Korken.

Am nächsten Morgen dann Sonderschicht für Hatterer und sein Team, zu dem seit heute auch wieder Yogi Weber gehört. Zum einen brauchte Hatterer ihn auf der Dienststelle und zum anderen hatten sich Mathilda und er unsterblich ineinander verliebt. Nachdem Mathilda ihm diesen Liebesbrief schrieb war es um ihn geschehen: „Du bist wunderbar - einzigartig - traumhaft – originell – unverwechselbar- einmalig - spitze – simply the best – super - phänomenal – bewundernswert – außergewöhnlich – bombig - brillant – aufregend – mitreißend – grandios – großartig – erstklassig – sensationell – märchenhaft – sexy – zauberhaft – fantastisch – cool – liebenswürdig – überwältigend – herrlich - hervorragend – witzig – amüsant – genial – perfekt… einfach ganz besonders. Ich habe Sehnsucht danach, geliebt zu werden. Wir haben nur dieses Leben. Ich will meines mit Dir erleben.) Ich liebe dich. Tilda." Als sie es geschrieben hatte schien es ihr, als fiele sie ins Bodenlose. In Movies sah man manchmal Menschen rücklings natürlich in Zeitlupe in ein weiches Bett fallen. So fühlte es sich gerade auch bei ihr an.

189

Es schien ein herrlicher Tag zu werden. Maier und Evans waren dann sehr gesprächig und erzählten über zwei Stunden, was sie alles über das Syndikat wussten. Staatsanwalt Yves Söder rief noch während der Vernehmung an. Hatterer sagte zu ihm, dass sie noch nicht fertig sind. Er aber schon mal die Verhaftung von Bernie Laue anordnen könne, die Aussagen würden jetzt schon reichen. Die ganzen Tätigkeiten des ausgeklügelten Netzwerks wurden innerhalb von kurzer Zeit aufgedeckt. Nach zwei Stunden waren Maier und Evans wieder auf freiem Fuß und wurden von ihrem Anwalt zum Auto geleitet. Das komplette Ausmaß der Schmugglerbande war noch nicht ganz erfasst. Wie auch, in der kurzen Zeit. Söder rief wieder an. „Gute Arbeit Hatterer. Wir müssen da zur vollkommenen Erfassung der gesamten Straftaten eine SoKo einsetzen. Das schafft ihr da draußen nicht und ich habe nicht Zeit bis zum jüngsten Tag!" „Arschloch!", dachte Hatterer.

Rolinger startete seine Flucht damit, dass er nach Marktsteft zum Tanken fuhr. Er war halt doch ein Pfennigfuchser und seine Benzinpreisapp zeigte an, dass es eben dort an der Tankstelle mit der Neongrünen Werbung, am billigsten ist.

Es war sehr heiß am Nachmittag. Schwere Gewitter waren gemeldet. Mathilda Gamrod und Yogi Weber sind zum Stand-Up Paddeln nach Randersacker gefahren. Hatterer und der Rest der Familie vergnügten sich bei

Schlerets im Garten. Sie hatten das alte Planschbecken, in dem ihre Tochter vor zwanzig Jahren die meiste Zeit im Sommer verbrachte, wiederaufgebaut. Delcy wollte gar nicht mehr raus. Auf dem Grill brutzelten die Bärlauch Bratwürste. Renate Schleret hatte dazu frisches Brot gebacken. Im Radio leichte sommerliche Musik. Bei Summerwine von Lana del Rey sang Hatterer mit. Der Kaffee nach dem Essen tut gut, vor allem bei so einem heißen Wetter. Dann in den Nachrichten Neues zum Thema Immunität gegen das gerade mit Hinblick auf eine mögliche zweite Welle der Infektionen. Es wird ein Virologe zitiert der über eine Studie aus Zürich spricht. Es gäbe eine interessante Erkenntnis, dass es Hinweise auf lokale Immunreaktionen gebe. Dabei kommt es zu einer lokalen Produktion von Antikörpern, etwa an den Schleimhäuten, nicht aber im Rest des Körpers, beispielsweise an den Lymphknoten. Eine mögliche Erklärung dafür sei eine frühe Reaktion des Immunsystems, die die Virusreaktion zum Stillstand gebracht haben, erklärt der Virologe. Die Patienten hätten demnach nur milde oder keine Symptome gehabt, neben dem Einfluss der Blutgruppen eine mögliche Erklärung, für die unterschiedlichen Verläufe der Krankheit Covid-19. Eine lokale Immunreaktion bedeutet laut dem Virologen allerdings auch, dass sich der Patient nochmal infizieren kann. Zuversichtlich zeigen sich die Wissenschaftler zur Wirkung von Nasensprays und Inhalatoren im Kampf gegen das Virus. Grundlage für diese Zuversicht waren die Ergebnisse einer Studie einer Gruppe von Forschern der Universität von North Carolina. Die Forscher wollen herausgefunden haben, dass das Virus seinen Weg in die Atemwege bevorzugt über die Nase nimmt. Die Erklärung dafür sei, dass in der Nasenschleimhaut besonders viele ACE2-Rezeptoren vorhanden sind, über welche die Coronaviren in die Zellen gelangen, wo sie sich rasch vermehren können. Von den Nasenschleimhäuten würden die Viren praktisch in die Lunge heruntergeatmet, wo sie teils schlimme Schäden anrichten. „Interessant", meinte Schleret. Es wurde mehr spekuliert als geforscht in dieser Zeit. Der November wird alles wieder auf den Kopf stellen und das Virus schlägt mit der Zweiten Welle in Europa unerbittlich zu. Renate mischte sich ein und wollte wissen was sie mit den restlichen Bratwürsten machen soll. „Jetzt sei doch mal ruhig. Hörst du nicht zu was es Neues gibt?" Gekränkt zog sie ab. Großtante Petra, die ja eigentlich keine große Freundin von Renate Schleret war, ging ihr hinten nach um sie zu trösten und in der Küche beim Spülen zu helfen. „Der führt sich heute auf wie ein richtiger Pascha!" Dann der entscheidende Satz des Nachrichtensprechers: „Das Virus wird wohl in jedem Fall harmloser werden". Der die beiden Frauen wieder etwas beruhigen ließ. Großtante Petra zitierte auf Kölsch einen Satz aus der Bibel:" A Minsch es en singem Levve wie Jras, hä blüht wie e Blömcher op däm Feld. Psalm 103 Vääsch 15. Renate Schleret verstand nur Psalm und nickte.

Die Rosenstöcke im Vorgarten waren genau so alt wie das Haus und deren Besitzerin. Eigentlich war sie gar nicht mehr die Besitzerin, sie hatte alles bereits ihrer Enkelin überschrieben, sich aber den Niesbrauch eintragen lassen. Rudi Weingart nahm die Anzeige auf. Rosemarie Gönsel hörte zwar immer schlechter und vergaß immer ihr Hörgerät einzuschalten. Aber geistig war sie mit ihren 89 Jahren noch voll auf der Höhe. Eigentlich waren es zwei Anzeigen. Einmal der Einbruch und dann hatte der Mann mit dem Wohnmobil beim hinausfahren das Tor so schwer beschädigt, dass es sich verzogen hätte. „Was war es denn für ein Wohnmobil, ich meine wie sah es aus?", „es war weiß wie alle Wohnmobile halt und hatte einen blauen Streifen außenherum", „und wann ist er weggefahren?", „gestern Nacht. Uhrzeit weiß ich nicht mehr so genau. Auf jeden Fall noch vor Mitternacht".

„Moin Hatterer, ich habe hier eine Anzeige von einer alten Dame. Ein Wohnmobil hat das Hoftor gerammt. Es könnte das Fahrzeug sein das in der Fahndung steht. Kann sein, dass der Rolinger da in der Airbnb Wohnung in Etwashausen gewohnt hatte." „Zeig mal her!"

Bei strömenden Regen stiegen sie aus. Der Sturm hatte ganz schön gewütet, umgestürzte Mülltonnen und herabgefallene Dachziegel zeugten davon. Hatterer war froh, dass Weber wieder an Bord war. Sie klingelten und Rosemarie Gönsel öffnete die Tür. Eine Katze strich durch Webers Beine. Außer einer Tankquittung, von der Tankstelle in Marktsteft, war in der Wohnung nichts mehr zu finden. Die alte Frau sagte dann zu den beiden Beamten das er, sie meinte Rollinger, den Wohnwagen, sie meinte aber das Wohnmobil auf den Platz der aufgelassenen Tankstelle gefahren hätte, weil sie, sie meinte damit ihren Nachbarn, hier im Hof mit Gasbrennern das Unkraut wegbrennen wollten und das dann taten. Auf dem Boden der aufgelassenen Tankstelle fiel Weber ein dunkler Fleck auf dem Beton auf. „Das ist Blut!" „Ruf die Spurensicherung an!"

Zur gleichen Zeit bog das Wohnmobil von Großlangheim kommend, in ein Sträßchen ein. Es führte durch ein kleines Wäldchen, nahe der Bundesautobahn A3. Vitaliy Shafranskiy wachte durch das Schütteln auf der holprigen Straße langsam auf. Er spitzte die Ohren und überlegte was er machen kann. Er war nicht gefesselt, hatte aber wahnsinnige Kopfschmerzen. Es musste regnen, so wie es sich anhörte. Dann hielt plötzlich das Womo an. Die Fahrertür öffnete sich. Rolinger sprang heraus. Shafranskiy konnte die Schritte hören. Anspannung machte sich in ihm breit. Die hintere Türe öffnete sich. Rolinger packte ihn an seinen Beinen und wollte ihn herausziehen. Er hatte nicht vor ihn zu töten. Zu lange hatten sie gut zusammengearbeitet. Shafranskiy spannte alle Muskeln an und sein rechtes Bein schnallte wie ein Stilett nach vorne direkt in Rolingers Gesicht. Blut schoss ihm aus der Nase. Er sprang aus dem Womo und wollte ihm mit der Faust einen weiteren Schlag ins Gesicht geben. Rolinger war hellwach und konnte dem Schlag ausweichen und holte seinerseits aus und traf Shafranskiy am Unterkiefer. Der taumelte zurück. Rolinger griff zu einem Ast der auf dem Boden vor ihm lag und holte aus. Shafranskiy konnte knapp ausweichen, stolperte aber und fiel hin. Rolinger schrie und holte erneut aus. Er traf aber nicht, weil sich der Ukrainer wegrollte. Der Ast zerbrach wegen der großen Wucht mit der Rolinger zugeschlagen hatte. Es ging hin und her. Dann hatte Shafranskiy seinen Kontrahenten fixiert indem er seinen rechten Arm auf den Rücken gebogen hatte. „Gib mir einfach meinen Anteil und du kannst weiterfahren. Alle Sauereien die du bisher gemacht hast interessieren mich nicht. Ich kenne deine Verstecke hier im Wohnmobil. Ich sag dir nur Feuerlöscher, Autoradio oder Spritzwasserbehälter. Ein älteres Ehepaar im gleichen Bike Jersey und mit blauen Gios Rennrädern radelt vorbei. Keine Zeit zu schauen. Schwupp und sie sind schon wieder hinter der Kurve verschwunden. „Was ist!" Zähneknirschend und vorwurfsvoll gab er zu verstehen, dass er einverstanden ist. Er solle ihn jetzt aber freilassen: „Du brichst mir noch den Arm, du Arsch!" Das war der falsche Text. Der Ukrainer bog den Arm weiter nach oben. Dann knackte es im Oberarm von Rolinger. Der schrie vor Schmerzen auf. Durch den entstandenen schmerzhaften Rotatorenmanschettenriss in der Schulter, konnte er den Arm nicht mehr bewegen und hatte höllische Schmerzen. „Selber Schuld mein

Freund!" Bewegungsunfähig lag Rolinger zwischen frischem Grün und vielen Tannenzapfen. Das Gras roch nach Sommer und Wärme und er überlegte was er machen könnte. Ihm fiel nichts ein, die Schmerzen raubten ihm den Verstand. Es dauerte nicht lange und Shafranskiy hatte alles in einen Rucksack gepackt, den er im Wagen fand und ausgekippt hatte. Die zehn Kilo Gold machten den Rucksack schwer. „Dich wird schon jemand finden!" Zur Autobahn Raststätte hatte er nur etwa 300m durch den Wald zu laufen. Dutzende von LKWs standen auf dem sich anschließenden Parkplatz. Er hatte Hunger und Durst, vermied es aber in den Tankstellenshop zu gehen um sich etwas zu kaufen. Mit seinem etwas ungewöhnlichen Outfit würde er wohl sofort dort auffallen. Er suchte nach LKWs aus Osteuropa. Sein Plan mit einem Autotransporter gen Osten zu fahren, hatte sich ja aus bekannten Gründen zerschlagen. Er hatte kein Handy mehr, aber einen Rucksack voll Geld und Gold. Litauen, Estland, Slowakei, Polen, Tschechien waren die Autonummern. Dann versuchte er es bei einem LKW aus Weißrussland, der vorgebackene Brötchen und Teiglinge zu einem Zentrallager eines großen Discounters bringt und auch während der Pandemie mit Sondergenehmigung unterwegs sein durfte.

Der kleine, drahtige, kettenrauchende Mann mit dunkelgrünen Augen hat wahrscheinlich auf seinen Touren durch Europa schon viel erlebt. Er wunderte sich nicht groß über das Anliegen von seinem neuen Mitfahrer.

Grobe Richtung Dresden, Warschau, alles andere wird sich geben. Schwere Gewitter werden die beiden auf ihren ersten dreihundert Kilometern begleiten.

An Kitzingen zogen die schweren Unwetter, die über ganz Deutschland wüteten, ohne größere Auswirkungen vorüber. Hatterer und sein Team checkten die Lage. Der Ortstermin in Rolingers angemieteter Wohnung brachte keine neuen Erkenntnisse. Die IT-Abteilung der Würzburger Kriminalpolizei hat festgestellt, dass die Bande um Rolinger und Laue neben den Drogengeschäften, Waffenhandel, Prostituiertentransporten aus Osteuropa auch in der Kinderpornografie verstrickt war. Wie genau die beiden darin tätig waren, konnte zum jetzigen Zeitpunkt niemand sagen. „Anscheinend ist uns Rolinger und auch Shafranskiy entkommen. Ich werde unsere Kollegen in Italien verständigen. Yogi du gibst bei der Bundespolizei durch, nach was wir suchen!" Noch bevor die beiden mit dem telefonieren anfingen, hörten sie ihre Kollegin Mathilda „Stopp, Stopp, Stopp!" rufen. „Die Kollegen der Autobahnpolizei haben Rolinger gefunden. Er ist ihnen quasi auf dem Tablett serviert worden. Im Moment liegt er auf dem OP-Tisch, irgendetwas mit der Schulter. Heute Nachmittag können wir ihn vernehmen. Von Shafranskiy keine Spur. Könnte sein, dass die beiden eine körperliche Auseinandersetzung hatten. Übrigens habt ihr schon die neue Corona-Warn-App auf eure Smartphones installiert?" „Lenk nicht ab, freilich laden wir die App aufs Handy!" „Übrigens Cineworld im Dettelbacher Mainfrankenpark hat wieder geöffnet. Könnten ja mal einen Betriebsausflug machen!" Während sie das sagte, schwänzelte Mathilda durch das Büro. „Ja, könnten wir, wenn der Fall gelöst ist. Wir fahren jetzt erst einmal nach Haidt und schauen uns den Camper an!" Es nervte Hatterer gewaltig, dass Mathilda oft, ganz nach dem Motto: Weil wir aus Gewohnheit nicht mehr nachdenken, ob es noch richtig ist, was wir tun, switcht sie von wichtigen Arbeitsthemen auf unwichtige Sachen um.

„Wer das Ziel kennt, wird den Weg auch finden!", stand hinten auf dem Camper groß drauf. Mareen Roth von der Spusi stellte sich zuerst vor. Dann sagte sie, dass sie nur ein paar Fingerabdrücke und im hinteren Teil des Womos auf dem Fußboden ein bisschen Blut gefunden hätten. „Morgen habt ihr den Bericht, auch von der Probe in Etwashausen, Mainbernheimer Straße." „Gut danke, wir schauen uns noch ein wenig um. In einer Stunde treffen wir uns wieder hier," sagte Hatterer mit festem Ton zu seiner Mannschaft. Sie schwärmten in verschiedene Richtungen aus. Mathilda und Yogi natürlich zusammen und Hatterer mit Susi. „Chef", sagte Susi, als sie auf dem LKW-Parkplatz standen, ich glaube derjenige der den Rolinger so zugerichtet hatte, dass er ins Krankenhaus musste, ist von hier aus mit irgendjemand mitgefahren!" „Meinst du?" „Ja, ganz sicher!" „Hmm, dann sollten wir uns mal umschauen, ob hier eine Überwachungskamera installiert ist und was da dann drauf zu sehen ist." Hatterer und Susi wackelten ab. Tatsächlich konnten sie die Aufnahmen einer Kamera, die aber nur den Shop filmte, mitnehmen.

Susi stöpselte einen 64 Gig Stig an und zog das Filmmaterial rüber. Auf der Rückfahrt die Meldung von den Reiseerleichterungen. In 23 europäische Länder ist es jetzt wieder möglich ohne große Einschränkungen zu reisen. Die ersten 10 000 Deutsche seien schon auf dem Weg nach Mallorca. Es wird sich im Herbst zeigen, dass dies der falsche Weg war.

Die vom Dienst suspendierte Marlene Rupisch schaute auf der Wache vorbei. Mathilda erzählte ihr, dass Hatterer sich sehr für sie eingesetzt hatte. „Wir sollten uns einmal zusammensetzen und überlegen wie wir dir helfen können. Du bist da in etwas hineingerutscht. Ich kann dir nicht sagen, ob du rechtzeitig die Bremse gezogen hast. Eigentlich bist du doch eine tolle Polizistin!" Marlene Rupisch fing zu weinen an und sagte leise „Danke." Dann ging sie wieder.

Auf einem anderen Weg wie die vielen deutschen Urlauber, war Vitaliy Shafranskiy. Nach spätestens 4,5 Stunden Lenkzeit muss ein Fernfahrer eine Pause von 45 Minuten machen. Das ist in Deutschland gesetzlich vorgeschrieben. Es besteht aber auch die Möglichkeit, dass Lkw-Fahrer ihre Pause teilen. In diesem Fall muss der erste Pausenblock mindestens 15 Minuten betragen und der zweite mindestens 30 Minuten. Das war jetzt bei Waljanzin Baryssewitsch am Chemnitz Center der Fall. „In halber Stunde wieder hier. Ich muss was besorgen." Vitaliy Shafranskiy war ein misstrauischer Mann, was ihm heute wieder einmal den Kopf retten sollte. Er schaute Baryssewitsch nach, der nach ein paar Metern sofort sein Handy zog und jemand anrief. Schlechtes Zeichen. Vitaliy ging zuerst in einen Bekleidungsladen und kaufte neue Klamotten, die er gleich anzog. Blaue Jeans, weißes T-Shirt, weiße Sneakers, eine Sonnenbrille und eine blaue Cap. Seine streng riechenden Gärtnerklamotten nahm er in einer Plastiktüte mit. Er sah aus wie hundert andere Männer auch. Dann kaufte er sich ein Smartphone, setzte sich in ein Taxi und ließ sich nach Görlitz fahren. Das war zwar nicht ganz billig, aber es war safe. Beim Vorbeifahren sah er auf dem großen Parkplatz ein Polizeiauto, dass bei der Kamaz-Sattelzugmaschine stand. Die Polizisten in Uniform palaverten mit Baryssewitsch. Beim Einsteigen in den Kamaz in Haidt, hatte Shafranskiy gedacht, dass er in einen Mercedes-Benz Actros steigt, aber es war der russische Nachbau. In Görlitz würde er mit großer Sicherheit einen Fernfahrer finden, der ihn mit in die Ukraine nimmt. Bestimmt keinen Weißrussen mehr. Trotzdem bekam er leichte Bauchschmerzen. Es bereitete ihm die Sorge, dass er dort niemand finden würde. Bei strahlendem Sonnenschein stieg er am Bahnhof von Görlitz aus. Der Taxameter zeigte 334,80 Euro an. Der Ukrainer gab dem ängstlich dreinschauenden Driver 400 Euro und wünschte gute Rückfahrt, dem jetzt über alle Backen strahlenden Jüngling. Die Fahrt durchs östliche Sachsen dauerte gut zwei Stunden. Er hatte Hunger und bestellte sich am nahen Imbissstand zwei Currywürste und ein Bier. Er konnte mithören wie sich ein Mann und eine Frau am Nachbartisch darüber unterhielten, ob sie heute Abend auch zur Grenzöffnungsparty gehen sollten. Er fragte höflich, „was da heute Nacht gemacht wird." „Die Polen öffnen ihre Grenzen wieder. Es wird zu einem symbolischen Akt um Mitternacht kommen und unser Oberbürgermeister Octavian Ursu und sein Zgorzelecer Amtskollege Rafał Gronicz werden die Kette am Grenzzaun auf der Altstadtbrücke durchtrennen und die Absperrung zur Seite schieben. Nach knapp drei Monaten ist damit Gott sei Dank die Teilung unserer deutsch-polnischen Europastadt beendet. Da geht dann ordentlich die Post ab." Der Mann sprach im besten „hochsächsisch" und Vitaliy hatte Schwierigkeiten alles genau zu verstehen.

Hatterer und seine Kollegen verstanden aber sehr gut, dass ihnen der Ukrainer abermals durch die Lappen gegangen ist. „Das ist jetzt schon das dritte Mal, dass er uns verarscht hat. Es ist jetzt 18 Uhr, kurz vor Feierabend, aber wir sollten nachrechnen wo er sich aufhalten könnte." Auf den Bändern der Überwachungskamera konnten sie nichts Auffälliges finden. Anscheinend war Shafranskiy nicht im Verkaufsraum gewesen. Dann kam die Meldung, dass ein Fernfahrer aus

Weißrussland einen schlecht gekleideten und übelriechenden Ukrainer vom Rasthof Haidt bis nach Chemnitz mitgenommen hatte. Dort verständigte er die Polizei, weil er ihm verdächtig vorkam. Er wollte keine Schwierigkeiten beim Grenzübertritt nach Polen haben. Doch der Mann tauchte nicht wieder auf. „Das könnte unser Mann gewesen sein! Susi fordere doch mal die Überwachungsbänder aus Chemnitz an. Das ist unsere einzige Chance noch was über ihn herauszubekommen. Ansonsten ist er weg. Für heute machen wir Schluss, Rolinger ist ins Gefängniskrankenhaus in Würzburg/Ost überstellt worden. Wir verhören ihn morgen."

Rolinger saß mit schmerzverzerrtem Gesicht auf seiner Gefängnispritsche. Man hatte ihn am Morgen in seine Zelle verlegt. Sein Anwalt war zugegen und riet Rolinger dazu, jede Aussage zu verweigern. „Sehr geehrter Herr Hatterer", sagte der leger gekleidete Rechtsanwalt, „es ist ihre Aufgabe die nötigen Beweise vorzulegen, die beweisen, dass mein Mandant irgendetwas Unerlaubtes gemacht hätte". Der smarte Typ vermeidet das Wort Verbrechen. Hatterer musste lachen: „Alles schon beim Staatsanwalt, es ist ihre Aufgabe sich darum zu kümmern, welche Verbrechen ihrem Mandanten vorgeworfen werden. Wir machen hier nur unseren Job. Wenn er nichts zu seiner Entlastung zu sagen hat, gut, akzeptiert, seine Sache. Wir werden aber kein zweites Mal kommen. Auf Wiedersehen!" Hatterer und Susi drehten sich zum Gehen um. „Jetzt warten sie doch mal!" „Ja, ist noch was?". Wir werden ein schriftliches Geständnis abgeben. „Wie sie wollen! Die Beweise sind aber erdrückend. Machen sie nichts Falsches!"

Zur gleichen Zeit machte sich Vitaliy Shafranskiy auf, um vom Bahnhof Zgorzelec Miasto über Wroclaw dem ehemaligen Breslau und Krakau mit Bahn und FlixBus nach Rzeszów zu gelangen. Es kostete nur etwas mehr als 20 Euro, dafür dauerte die Reise fast 10 Stunden.

In Kitzingen machte derweil der Sommer erst einmal eine Pause. Es regnete, was die Landwirte freute und auch der Natur half. Die Schafskälte hat Einzug gehalten. Nur noch 14 Grad zeigte das Thermometer an. Die vielen Freizeitradler mit und ohne E-Bike waren von den Straßen verschwunden. Hatterer war auf dem Weg nach Würzburg ins Polizeipräsidium. Er will Yogi Weber als neuen Dienststellenchef vorschlagen. Ihm war es endgültig zu viel. Ihm war alles zu viel geworden. Nach der Audienz bei Susanne Porzuck, die seinen Schritt noch nicht so recht akzeptieren mochte, ihm aber zum Erfolg zur Klärung des Falles gratulierte, ging er in ein Reisebüro und buchte einen zweiwöchigen Urlaub auf Mallorca. Für sich, Isabella, Delcy, Großtante Petra und die beiden Schlerets. Nächste Woche soll es schon mit einem Flug ab Düsseldorf losgehen.

Zum Wochenstart sind keine neuen Corona-Infektionen in der Region Mainfranken aufgetreten. Kitzingen ist weiter Corona-frei. Hier hatten sich 191 Personen mit dem Corona-Virus infiziert. Für einen einzigen Bewohner ist noch häusliche Quarantäne angeordnet.

Isabella wollte zuerst nicht so recht mit nach Mallorca fliegen. Dann bekam sie am 15. Juni eine Teilabrechnung des Senders für die ersten zwei Wochen. Es war noch weniger wie sie beim Erdbeerpflücken verdient hatte. Deshalb war es dann auch für sie klar, dass sie mit nach Mallorca fliegen würde. Sonne, Strand und Drinks am Abend. Da freute sie sich jetzt auch schon drauf. Den Job im Werbe-TV gab sie auf.

Die Nachbarn waren eigentlich reiseerprobte Leute. Sie sind in ihrem Leben aber erst zweimal nach Australien geflogen um ihre dort lebende Tochter und ihren Schwiegersohn zu besuchen. Sie freuten sich ebenfalls und dankten Arne, dass er an sie gedacht hatte.

Das Leben in Mainfranken wird indes Stück für Stück weiter hochgefahren. Ab dem 16. Juni gelten weitere Lockerungen. Kinos in der Region dürfen wieder öffnen. Das Cineworld im Mainfrankenpark Dettelbach hat angekündigt, dann in vier Kinosälen wieder Filme zu zeigen. Allerdings keine Neuvorstellungen. Zum Schutz vor Corona gelten besondere Regeln. So muss beispielsweise jede zweite Reihe im Kinosaal frei bleiben. Auch Konzerte und andere kulturelle Veranstaltungen sind ab Montag wieder erlaubt. Gleiches gilt für

Theatervorstellungen unter Beachtung strengster Abstands- und Hygieneauflagen. Die Notbetreuung für Kinder in Mainfranken wird ab Montag auch ein Stück ausgeweitet. Es ist noch alles ein Riesendurcheinander. Viele Eltern sind aber erst einmal froh, dass sich überhaupt etwas rührt. Es dürfen auch Kinder betreut werden, die im nächsten Jahr in die Schule kommen. Gleiches gilt für Krippenkinder, die vor dem Übergang in den Kindergarten stehen. Ab 1. Juli sollen alle Kindergärten und Kitas nach dem Corona-Ausnahmezustand wieder den Normalbetrieb aufnehmen. Das kritisiert die Gewerkschaft Erziehung und Wissenschaft aus Unterfranken. Demnach sei eine Rückkehr zum Normalbetrieb dort erst nach den Sommerferien denkbar. Stattdessen müsse man jetzt dem dortigen Personal unter die Arme greifen und dieses entlasten und die nötigen Vorkehrungen für den Herbst treffen. Das wurde gänzlich versäumt und sollte sich im November bitter rächen. Am Montag enden auch die Pfingstferien für Mainfrankens Schüler. Diese sollen dann alle wieder im Klassenraum betreut werden. Eine Rückkehr zum normalen Schulalltag, nach der Corona-Ausnahmesituation, hält der Unterfränkische Lehrer- und Lehrerinnenverband für unmöglich. Dann könne man nicht die geforderten Hygieneregeln und Mindestabstände einhalten. Deshalb werden Schüler teilweise auch nur tageweise im Klassenzimmer unterrichtet werden. Wer sich allerdings richtig freut, dass es in den Schulen wieder so richtig losgeht, ist Kleindealer Kevin. Der heute schon vor der Realschule auf Kundschaft wartete.

Mathilda und Yogi gingen nach ihrer heimlichen Verlobung im Park spazieren. Die Allee mit den Lindenbäumen duftete wundervoll. Die Blüten waren ganz geöffnet und nach dem Regen streifte der Duft an ihren Nasen vorbei. „Riechst du es auch? Das ist unser Duft!"

Susi Schwarzer wurde zur Spurensicherung versetzt. Sie hatte sich mit Mareen Roth angefreundet und die sorgte dafür, dass sie bei ihr anfangen konnte.

Jakob Rolinger wurde wegen Anstiftung zum Mord und verschiedener anderer schwerwiegender Vergehen zu 12 Jahren Haft und einer Geldstrafe von 20.000 Euro verurteilt. Bennie Laue muss zwei Jahre länger gesiebte Luft atmen. Sein gesamtes Vermögen wurde eingezogen. Viktor Samoilov, Dimitri Pronchenko und Vadim Balakin kamen wegen ihrer Vergehen mit drei Jahren bzw. bei Samoilov vier Jahren noch günstig davon. In den übersetzten Notizbüchern von Vitaliy Shafranskiy, die in Volkach bei Persephone Maier sichergestellt wurden, finden die Ermittler Namen und Telefonnummern. Schnell wird klar: Dass es sich um ein großes Verbrecher Portfolio handelt. Es gab eindeutige Anzeichen auf weitere Hintermänner und Kleindealer. Die meisten konnten dann bei der „Arbeit" vor verschiedenen Realschulen in Kitzingen, Volkach, Marktbreit und

Wiesentheid festgenommen werden. Sie wurden ebenfalls überführt und dingfest gemacht. Die Gerichtsverhandlungen stehen noch aus. Einige Schüler, die als Kunden festgestellt wurden, verbannten die Schulleitungen vom Unterricht. Vor allem dann, wenn sie aufgrund ihrer schulischen Leistungen keinerlei Perspektiven für einen positiven Abschluss hatten. Die Eltern waren enttäuscht oder erbost. Andere drohten mit dem Anwalt.

Und noch eine schlechte Nachricht für Hatterer. Bei Fredo, einem befreundeten Winzer, gab es Ende August, Anfang September Bremser aus Rheinhessen. Seine Reben im Wengert am Rande der Straße nach Kaltensondheim, sind an Pankratius zu 90% ebenfalls erfroren.

Vitaliy Shafranskiy, der sich auf abenteuerliche Weise vom polnischen Rzeszów ins ukrainische Uschhorod durchschlug, nahm einen neuen Namen an. Er machte seinen Traum war und eröffnete im historischen Stadtkern von Uschhorod, dass in vielem an das alte Österreich-Ungarn erinnert, ein kleines Straßen-Café. Im Frühjahr sind dort mehrere Straßenzüge der Innenstadt von üppig blühenden japanischen Kirschblüten (Sakura) durchzogen, die besonders nachts einen starken Duft verströmen. Den ganzen Sommer über blühen entlang des Flusses Usch die Bäume der längsten Lindenallee Europas. Sie stellt eine beliebte Flaniermeile für Jung und Alt dar. Die Plätze im Straßen-Café von Vitaliy füllen sich jeden Tag aufs Neue. Die Hygiene-maßnahmen stellten für ihn das geringste Problem dar. Im Oktober heiratete er dann seine große Liebe. Eine Frau aus dem unterfränkischen Volkach. Sie hatte ihm immer geholfen. Sie hat sich in ihn verliebt und er in sie. Sie spürte es erst so richtig, als er auf der Flucht war. Zum Glück nicht zu spät. Vergessen, ist unter bestimmten Bedingungen, ein Heilmittel gegen die Last der Vergangenheit. So nahm Jenő Krivin wie er sich jetzt nannte, über ein soziales Netzwerk Kontakt mit ihr auf und wenige Tage danach reiste sie aus Mainfranken ab. Sie ließ alles hinter sich und packte ihr Leben in einen Koffer. Wegen dem Virus konnte Persephone nicht direkt in die Ukraine einreisen, aber Shafranskiy hatte die nötigen Mittel und auch das nötige Wissen wie er sie nach Uschhorod einschleusen konnte.

Das Virus gab sich aber längst nicht geschlagen. Am 16. Juni 2020 - Peking verhängt Reisebeschränkungen aus Sorge vor zweiter Viruswelle. China hat weitere Beschränkungen eingeführt. Alles wieder auf Anfang?? Dagegen meldet eine Fränkische Tageszeitung: „Trotz weitreichender Lockerungen und schrittweiser Rückkehr zur Normalität sinken die gemeldeten Corona-Fälle in Franken weiter. In 23 Städten und Kreisen wurde seit sieben Tagen keine einzige Neuinfektion mehr registriert."

Mit dem Ende des Katastrophenfalls am 16. Juni 2020 in Bayern endet auch die Geschichte. Wobei das Virus, wie in der Geschichte ein paarmal erwähnt, sich mit Sicherheit noch nicht geschlagen gibt.

Die Bundesregierung bittet die Bevölkerung am 18. Juni 2020: Unterstützt uns im Kampf gegen Corona. Die Corona-Warn-App hilft uns festzustellen, ob wir in Kontakt mit einer infizierten Person geraten sind und daraus ein Ansteckungsrisiko entstehen kann. So können wir Infektionsketten schneller unterbrechen. Die App ist ein Angebot der Bundesregierung. Download und Nutzung der App sind vollkommen freiwillig.

Dazu noch ein Gedanke von Arne Hatterer. „Die digitale Technik steckt eigentlich voller Widersprüche. Wenn man in Instagood schaut, dann laden Hobbyläufer, frustrierte Hausfrauen und in Torschlusspanik geratene Senioren über die neuen, schicken, smarten Geräte wie die Apple-Watch, Fitness- oder Health-Apps ihre Daten ins Netz, jeder kann sie anschauen. Sie werden gefeiert mit den Versprechen der Unabhängigkeit, Selbstbestimmung und Freiheit. Doch oftmals formen diese Nutzer eine Realität, die durch Überwachung, Vermessen und Tracken bestimmt wird. Der Zwang immer schneller und weiter zu laufen wird immer ausgeprägter. Im Namen der Freiheit verführen diese Geräte zu immer mehr Kontrolle. Versicherungen verknüpfen verschiedene Produkte mit den Daten der smarten

Geräte ihrer Klientel. Wer nicht mitmacht, zahlt dann mehr. Auch wir von der Polizei werden diese Daten für unsere Ermittlungen heranziehen können. Dazu passt dann noch abschließend folgende Nachricht in der Tagesschau: „Die Weltgesundheitsorganisation hat die vorläufigen Ergebnisse einer britischen Studie zu einem Medikament gegen Covid-19 als Durchbruch begrüßt. Bei dem Entzündungshemmer Dexamethason handle es sich um das erste Mittel das die Sterblichkeit von Covid-19-Patienten verringere, die auf Sauerstoff oder Beatmungsgeräte angewiesen seien, sagte WHO-Chef Tedros Adhanom Ghebreyesus in einer Mitteilung. Federführende Wissenschaftler der Universität Oxford hatten am Dienstagabend berichtet, dass die Sterberate bei Patienten, die künstlich beatmet wurden und das Medikament bekamen, um ein Drittel sank. Immerhin."

Dass mit dem Virus nicht zu spaßen ist, wurde im Juni 2020 bereits eindrucksvoll aufgezeigt. Nach dem Corona-Ausbruch beim Schlachtereibetrieb Tönnies stellt der Kreis Gütersloh rund 7 000 Menschen unter Quarantäne. Betroffen seien alle Personen, die auf dem Werksgelände gearbeitet hätten, sagte Landrat Sven-Georg Adenauer. Sie würden nun nach und nach auf eine Infektion mit dem Corona-Virus getestet, teilte die Kreisverwaltung mit. Einen allgemeinen Lockdown für den Kreis werde es nicht geben, obwohl die Marke von 50 Neuinfektionen pro 100 000 Einwohnern in sieben Tagen deutlich überschritten sei. Nachdem mindestens

657 Mitarbeiter positiv auf Covid-19 getestet wurden, hat das Unternehmen vorübergehend den Standort Rheda-Wiedenbrück geschlossen. „Die Gesundheit und der Schutz unserer Mitarbeiterinnen und Mitarbeiter steht an erster Stelle", sagte ein Firmensprecher. Insgesamt lagen am Mittwochabend 983 Testergebnisse vor, davon 326 negativ, wie ein Sprecher des Kreises Gütersloh mitteilte. Dies sei nur ein Zwischenstand. Nach Angaben des Landrats Sven-Georg Adenauer hatte der Kreis insgesamt 1 050 Corona-Virus-Tests für Beschäftigte für die betroffene Firma veranlasst. „Unglaublich!" schimpfte Großtante Petra beim Frühstück, „was kommt da noch alles??"

Hatterer geht zum Briefkasten. Er will die Mainpostille zum Frühstück holen, dabei fällt eine Postkarte auf den Boden. Erstaunt schaut er auf das Bild. Es zeigt eine Lindenallee an einem Fluss. Hinten drauf nur ein Wort. „Danke!" Beim anschließenden Morgenspaziergang überlegt er, wer ihm diese Karte aus der Ukraine geschickt haben könnte. Ein junger Radler begegnet ihm. Hatterer muss über den Integralhelm schmunzeln. Ein Schwarm Stare landet im großen Kastanienbaum an der alten Mainbrücke. Es macht ihm immer einen großen Spaß in die Hände zu klatschen um den Vogelschwarm wieder in die Lüfte zu treiben. „Schön wäre es, wenn man den Virus auch durch Händeklatschen in die Luft jagen könnte."

Inzwischen ist ein dreiviertel Jahr vergangen, seit das Virus SARS-CoV-2 weltweit bekannt wurde. Seitdem haben Forscher allerhand darüber herausgefunden und sind auch bei der Bekämpfung weitergekommen. Als die Behörden die Existenz des Virus bekannt machten, lag die Erstinfektion eines Menschen durch ein Wirbeltier offenbar schon einige Wochen zurück. Anfangs hatten die chinesischen Behörden offenbar versucht, Hinweise zu unterdrücken. Bis heute ist nicht genau geklärt, wann und wo das Virus vom Tier auf den Menschen übergesprungen ist. Als wahrscheinlich gilt eine Übertragung von der Fledermaus auf einen Zwischenwirt, vielleicht einen Marderhund, und dann auf den Menschen. So oder so ähnlich begann die Pandemie, die noch heute in vollem Gange ist. Die größten Infektionsketten ließen sich auf sogenannte Superspreader-Events, wie zum Beispiel in Ischgl, zurückführen. Mund-Nasen-Schutz muss mittlerweile in fast allen Staaten der Erde, in unterschiedlichen Situationen getragen werden. Ein effizienter Impfstoff ist zwar in Sicht, es wird aber noch viel Wasser den Main hinunterfließen, bis dieser wirksam eingesetzt werden kann. Weltweit laufen über 200 Impfstoffprojekte. Wie wird sich die Pandemie weiterentwickeln? Weltweit sind es mittlerweile weit über eine Millionen Tote.

Die sogenannte zweite Welle hat Europa fest im Griff. In Tschechien, Frankreich und Österreich gibt es wieder einen kompletten Lockdown. Vor allem in der zweiten

Welle von etwa Mitte Oktober 2020 bis Mitte Februar 2021 war landesweit eine kräftige Zunahme der Zahl der Gestorbenen gegenüber dem Durchschnitt der vier vorangegangenen Jahre zu beobachten.

Die Menschen müssen zu Hause bleiben. Zahl der bestätigten Neuinfektionen mit dem Coronavirus in Deutschland liegt am 8. November bei 16 017. Das geht aus Daten des Robert Koch-Instituts (RKI) hervor. Die Hoffnungen liegen auf dem Wellenbrecher durch den neuen Lockdown im November. Seit Beginn der Pandemie haben sich über 700 000 Menschen in Deutschland mit dem Virus angesteckt. Die Zahl der Todesfälle stieg auf über 12 000, die Zahlen werden weiter steigen.

Hatterer hat den Anbieter für seine Kfz-Versicherung gewechselt. Als er die Abdeckung des Briefkastens der Post anheben will, um das Kündigungsschreiben einzuwerfen, merkt er, dass diese angefroren ist. Genauso angefroren wie die Stimmung bei den Gastwirten in Deutschland. Die aufgrund der einmonatigen Schließung ihrer Gasthäuser ums Überleben kämpfen. Wie es mit der Pandemie weitergeht, weiß kein Mensch. Irgendwann wird es einen Impfstoff geben. In Leipzig demonstrierten Tausende Menschen gegen die Corona Beschränkungen. Die meisten ohne Mundschutz. Auch die Abstandsregeln wurden nicht eingehalten. Das Oberverwaltungsgericht in Bautzen, ist nach der Entscheidung, die Querdenken-Demo mitten in Leipzig stattfinden zu lassen, in die Kritik geraten. Dem Gericht wird nun ein ideologisches Urteil vorgeworfen.

Putin und Erdogan teilen sich nach dem Krieg in Bergkarabach Armenien.

In einem Ochsenfurter Pflegeheim sind im November fast 20 Heimbewohner verstorben.

Sportvereine und Gaststätten kämpfen ums Überleben. Während die Sankt-Martins-Umzüge für die Kindergärten verboten wurden, spielen ausländische Mitbürger sorgenlos Fußball auf dem Rot-Weiß Platz. Danach grillen sie in großer Runde ohne Masken und Abstandsregeln im Park.

Bayerns Ministerpräsident Markus Söder geht wohl davon aus, dass die Anti-Corona-Maßnahmen über das Monatsende November hinaus verlängert werden. Nach den Bund-Länder-Beratungen sagte er der Presse: „Er habe wenig Hoffnung, dass zum Ende des Monats alles wieder gut sei. Die Neuinfektionszahlen stagnieren. Doch das reiche im Kampf gegen das Coronavirus noch nicht aus. Ich habe wenig Hoffnung", erklärte Söder nach einer fünfstündigen Video-Konferenz mit Bundeskanzlerin Angela Merkel und den anderen Ministerpräsidenten. Sie hatten eine Halbzeitbilanz des vierwöchigen Teil-Lockdowns gezogen. Es hatte sich abgezeichnet, dass die Einschränkungen voraussichtlich schwächer ausfallen, als der Bund ursprünglich wollte. Die Beschlussvorlage wurde seit Sonntagabend mehrfach geändert. Entscheidungen wurden auf nächste Woche vertagt. Baden-Württembergs Ministerpräsident Win-fried Kretschmann erwartet einen harten Corona Winter mit weitreichenden Beschränkungen. Angesichts der hohen Corona-Zahlen wollte die Bundesregierung ursprünglich deutlich schärfere Anti-Corona-Maßnahmen durchsetzen. Zum Beispiel: Eine fünf- bis siebentägige Schnupfen-Quarantäne, noch strengere Kontaktbeschränkungen im öffentlichen wie auch im privaten Raum. Was sie gegen aufgebrachte Ministerpräsidenten nicht durchsetzen konnte. Im Moment ist es mehr Wischiwaschi was verordnet und vor allem auch durchgesetzt werden kann. Corona Leugner hetzen die Menschen auf und treiben eingeschüchterte Politiker vor sich her. Verschiedene Richter tragen mit undurchsichtigen Urteilen ihren Rest dazu bei, dass keine einheitliche Linie, wie zum Beispiel in Ländern wie Südkorea oder Taiwan, durchgeführt werden kann. Auch Virologen und Infektiologen sind oftmals gegenteiliger Meinung in der Krise. Es hilft irgendwie auch nicht weiter. Wie es weitergeht, kann niemand voraussagen.

Hatterer und seine Familie machen, wie wahrscheinlich viele andere Familien, bereits Urlaubspläne für das neue Jahr. Wandern im Pico de Europa in Asturien und Lavendelblüte in der Provence sind ihre Träume.